ふるさと文学さんぽ

広島

監修●柴 市郎
尾道市立大学教授

大和書房

川端康成

●ノーベル文学賞受賞記念講演「美しい日本の私」より抜粋

雪の美しいのを見るにつけ、月の美しいのを見るにつけ、つまり四季折り折りの美に、自分が触れ目覚める時、美にめぐりあふ幸ひを得た時には、親しい友が切に思はれ、このよろこびを共にしたいと願ふ、つまり、美の感動が人なつかしい思ひやりを強く誘ひ出すのです。この「友」は、広く「人間」ともとれませう。また「雪、月、花」といふ四季の移りの折り折りの美を現はす言葉は、日本においては山川草木、森羅万象、自然のすべて、そして人間感情をも含めての、美を現はす言葉とするのが伝統なのであります。

目次

暮らし

食

太田川

言葉

カープ

瀬戸内海

祭り

さまざまな時代に、さまざまな作家の手によって、「広島」は描かれてきました。
本書は、そうした文学作品の断片（または全体）を集めたアンソロジーです。また、
本書に掲載された絵画は、すべて丸木スマ氏によるものです。

暮らし

失われた、暮しの中の、文化。 大林宣彦

ぼくの古里・尾道《おのみち》には、例えば醬油の瓶などを使い切って、瓶が空になったときなど、「お醬油が、ミテタね」と言い表わす、方言がある。

子供の頃、漢字の勉強をしていると、横で食事の準備をしていた母が、「あ、お醬油が、ミテタね」と言った。そこでぼくはふと、「母ちゃん、ミテタいうて、何《ど》ういう字を書くん？」と聞いてみた。

母にも分らなかったようだが、それでも母なりに考えて、こう答えてくれた。

「それはね、きっと、あの、潮の満ち引きの、満ちるという字を書いて、満テタ、と言うんじゃないかしらね。だって、わたしたちの尾道の人間は、この瀬戸内海という海に、ずっと寄り添って暮して来て、この海は、常時《いつ》でも三メートル。大潮になると五メートルも、六メートルも、満ち引きの差があるのです。その差を利用して、海岸にピラミッド型に、砂を積み

上げて置くでしょう。すると、潮が満ちて、また引いて、その引いた跡に、潮の結晶が残る。それを取り出して、塩作りの文化も生まれましたね。あなたが遠足などで食べる、おむすびが美味しいのは、この尾道の海のお蔭です。

「それだけじゃないわ。九州の方から満ち潮に乗って上って来た船が、尾道の辺《あた》りで潮待ちをして、今度は引き潮に乗って、また遠く、江戸の方へ向って行く。だからこの尾道の港は、日本の重要な港として、大いに栄えることも出来たのよ。

「でもね、肝腎の、その船が港に泊《と》まろうとすると、年中三メートルも、それ以上も、満ち引きの差があったんじゃ、船は上手く停められなくて、困っちゃうわね。不自由だし、潮待ちしたりで我慢も要《い》るし、不便な海だわね。

「そこで、わたしたちの先祖たちは、この陸から海に向って、石を積んで、石段を作りました。こうすれば、どんなに潮が満ち引きしても、船はいつでも、自由に、この港に着くことが出来ます。では、この石段を何と言うか、知っていますか?」。

「ううん。知らない」。

とぼくが答えると、母は、

「これは、ガンギ、と言います。難しいけど、雁木、と書くのよ。空を飛ぶ、渡り鳥の雁《がん》。あの雁の群は、ギザギザになって、ちょうど石段のような形になって、飛ぶでしょう。その雁の群が、木の枝の上に停まって、羽を休めることが出来るように、尾道の港で、船も躰《からだ》を休めることが出来るのです。だから、雁木。美しい名前でしょう。尾道の人間が、この自然に寄り添って、一所懸命、幸福になって暮そうと努力した、その、智恵と工夫の跡を誇ろうと、こんな美しい日本の名前を付けてあげたのね。そしてそれは、この瀬戸内海の、美しい景色ともなった。「こんなふうに、潮の満ち引きは、尾道に住むひとにとって、まるで時計の振り子が時を刻むように、わたしたちの心の中で大切に自然の呼吸を伝えている。それで日日使う言葉の中にも、ミテタ、というふうに、親しく、使われるのでしょうね」。

「でも」とぼくは言葉を重ねた。子供はなかなかこの世界のことについて、納得しない。何故？　どうして？　と問い続ける力。それが、子供を成長させていく。人間が種を繁栄させていく、力である。「でも、だったら、お醤油が無くなったときは、満テタ、じゃなく、引いた、じゃないの？」。

そこで、母は、また、考えた。一所懸命、考えてくれた。現代の親たちによくあるように、「そんなこと、昔から決っていることなんだから、そのままそう覚えなさい」、と突っ撥《ぱ》ねたりはしない。

現代は、情報時代である。そして、情報とは、結果があればよい。けれども人間は、その情報を知識に変え、更《さら》には智恵にまで育てる、こうして賢くなっていくのだ。「何故？」と問い続け、自らの疑問を正確に、より大きくしていくことこそが、人間が自然を学ぶ、術《すべ》である。「永遠の未完成、これが完成である」と宮澤賢治が説くのも、そういうことだろう。

それから母が語ってくれた、母の考えとは、こうである。

「それは、あなたが、いま目の前にある、目に見える、お醤油にばかり目が眩《くら》んでいるから、そんなふうに思うのでしょう。それは、愚かなことよ。だってわたしたちは、この一ケ月、二ケ月、いいえ半年もの間、この瓶のお醤油を一滴、一滴、大切に使って、それでご飯を美味しく戴《いただ》いて、家族皆で、健康に、幸福に、暮して来ましたね。その、お醤油さん、ありがとう、という気持が、いまこの瓶いっぱいに、ミテテ、満テテ、満てたんです。

「だから、この瓶は、単にお醤油が無くなった、空瓶じゃないわ。ありがとうの心が、いっぱいに詰った瓶なのよ。では、この瓶をきれいに洗って、もう一度お醤油をいっぱいに満たして、毎日、一滴ずつ、お醤油さん、ありがとう、と皆で感謝しながら、大切に使っていきましょうね」。

――何という、名解答、であろう。

これが当時三十を、ちょっと過ぎたばかりの、尾道の母の、言葉である。我が家の母が特別の存在であった、というより、これが当時の尾道の、普通の暮しの中にあった、智恵の力であろう、と思う。

それは暮しの中の文化、と言い換えてもいい。

そして、それは、いま、何処へ行ってしまったのか？

現代の親であり、大人であるぼくらが、明日を生きる子供たちに、いささかヒステリックに押し付けている、省エネ、リサイクルなどについての考えなど、ここにはまことに賢く、穏やかに、暮しの中に、息づいている。

それが何故、失われたかと問えば、それはここ四十年に渡る、高度経済成長期の中での、古い物はどんどん捨てようという消費経済、更には古い物がどんどん新しいものに変っていくという、文明化の社会作り。そういう、言うなら物質面での豊かさを望んだこの国の政策が、「ありがとう」という心までをも、ゴミと一緒に捨て去ってしまったからである。

『ぼくの青春映画物語』より　抜粋

解説

大林宣彦は広島県尾道《おのみち》市で生まれ、十八歳まで故郷で暮らしました。

映画作家として都会で暮らすようになってからも「ふるさとは近きにありて、暮らすもの」と考え、故郷を舞台にした作品を撮り続けました。「尾道三部作」と呼ばれた映画『転校生』（一九八二年）、『時をかける少女』（一九八三年）、『さびしんぼう』（一九八五年）は大ヒットし、人気と評価を不動のものにしました。しかし、経済成長下の日本で、田舎の古い町をありのままに撮る手法には反発もあったようです。三部作の第一作『転校生』は、「尾道の恥部ばかり描いた」と行政関係者に非難されたといいます。

そうした声があったものの、映画の大ヒットによって、多くの映画ファンがロケ地巡りに訪れ、町はにぎわいました。流行の観光地とはひと味違う、人々の暮らしの痕跡が色濃く残った尾道は、ふるさと再評価の先駆けとなったのです。また、多数の地元協力者が参加した映画作りの手法は「フィルム・コミッション」のパイオニアとなりました。

映画作家として名を馳せた大林ですが、エッセイの中では、映像で表現したものとは異なる、尾道というふるさととの文化を描いています。「ミテタ」という言葉をめぐる母とのやり取りは、その一例でしょう。一つの言葉から、尾道の港の成り立ち、潮の満ち引きと暮らし、自然と共存していく生活上の価値観までが鮮やかに立ち上がってきます。

尾道市は広島県の東部に位置し、市の大部分が丘陵性山地です。瀬戸内海の港や島々が一望できる千光寺山《せんこうじやま》の中腹には「文学のこみち」という散策道があり、尾道ゆかりの作家や詩人二十五人の詩歌や小説の断片を刻んだ石が並んでいます。
大林は「僕の生まれ育った尾道は、山の中腹にあって、太陽がいつも当たる瀬戸内海のテラス、掌のような場所で、外から入って来る異なるものへの受け入れに非常に寛容な場所です。〝違い〟をおもしろがる、人懐っこい人情がこの街にはあるため、港として発達してきました」と語っています。こうした土地だからこそ生まれた文化を「ミテタ」を通じて描いたのです。

大林宣彦
（おおばやし　のぶひこ）1938～

広島県尾道市生まれの映画作家。先祖代々医者の家系に育ち、慶應義塾大学医学部を受けるも、試験中に席を立ち、放棄する。その後、浪人して成城大学文芸学部へ入学。在学中から8ミリフィルムで作品を発表。代表作のうち、『転校生』『時をかける少女』『さびしんぼう』は尾道三部作として製作された。

『ぼくの青春映画物語』
集英社新書／2000年

父と暮せば

井上ひさし

美津江　お風呂……？

竹　造　（火吹竹を示して）こよな暑い日にゃあ、お風呂が一番の御馳走《ごっつぉー》じゃけえ。

美津江　お風呂を焚《た》いといてくれさったん？

竹　造　ほいじゃが。

美津江　ごっつ気の利《き》く……。

竹　造　だてに二十年も男やもめをやっとりゃせんわい。ほいで、木下さんは熱《あちー》い湯がお好きか、ほいともぬるめがええんじゃろか。

美津江　そよなことまでは知らんけえ。

竹　造　それはそうじゃのう。ほんなら適当に沸かしちょくが、湯上がりにはなにか冷たい《ひゃぃ》もの《もん》を差し上げにゃいけんで。

美津江　ビールを一本、買《こ》うてあります。

竹　造　そりゃええ。せいでも運転手は冷たい《ひゃい》水でええで。こんな日には冷たい水でも御馳走じゃけえのう。

美津江　氷も五百匁《もんめ》目、買うといた。

竹　造　ほいから運転手には早う去って《いんで》もらわにゃいけんで。長居されたらやれんけえ、用心せえや。

美津江　次の仕事があるそうじゃけえ。

竹　造　(安心して)ほりゃえかった。ほいから新しい《にいな》手拭《てのごい》を用意しとかにゃあいけんで。

美津江　買うてあります。

竹　造　シャボンも要《い》るで。

美津江　それも買うてあります。

竹　造　軽石は……。

美津江　買うてあります。

竹　造　へちまは……。
美津江　買うてあります。
竹　造　ほいから男物《おとこもん》の浴衣《ゆかた》じゃが……。
美津江　買うて……、そがあもんあるわけない《なー》。
竹　造　(頷いて)男物の浴衣まで用意しとったら、ちぃーと外聞が悪い《わりー》けえのう。おまいもよう心得とるじゃろうが、木下さんの背中を流すんはいくらなんでもまだ早いけえ、そがなことすなや。これまた外聞ちゅうもんがあるけえのう。
美津江　おとったん、薪《まき》をつがんでもええんですか。
竹　造　わかっとる。それで《ほいで》夕飯《よーはん》の御馳走はなんじゃ。
美津江　ビールにじゃこ味噌《みそ》。
竹　造　そりゃええ。
美津江　小いわしのぬた。
竹　造　ええが、ええが。
美津江　醤油《しょうゆ》めし。

竹　造　(舌なめずりして)醬油めしの加薬《かやく》はなんとなんとなんじゃ。
美津江　ささがきごんぼう、千切りにんじん、ほいから油揚《あぶりゃーげ》げとじゃこ。
竹　造　ごっつ、ええのう。
美津江　ほいで仕上げが真桑瓜《あじうり》じゃ。
竹　造　(ためいきをついて)わしも招《よ》ばれとうなってきよった。
美津江　(竹造を見つめて)……おとったんが食べてくれんさったら、うちもうれしいんじゃけえどねえ。
竹　造　(いきなり)夏休みは取れるんかいね。
美津江　……夏休み?
竹　造　さっき出かけしなに、木下さんがいうとられたろうが。「夏休みが取れるようなら岩手へ行きませんか。九月の新学期までに一度、家へ帰ろう思うとるんです。美津江さんを連れて行ったら両親が非常《じょうに》によろこびますけえ」
美津江　……夏休みは取ろう思うたら取れる思う。
竹　造　ほいなら是非《ぜっぴ》行ってきんさい。

美津江　岩手はうちらの憧《あこが》れじゃった。宮澤賢治《みやざわけんじ》の故郷《ふるさと》じゃけえねえ。
竹　造　その賢治くんちゅうんは何者かいね。
美津江　童話や詩をえっと書かれた人じゃ。この人の本はうちの図書館でも人気があるんよ。うちは詩が好きじゃ。
竹　造　どがいな詩じゃ？
美津江　永訣《えいけつ》の朝じゃの、岩手軽便鉄道の一月じゃの、星めぐりの歌じゃの……。
竹　造　ほう、星めぐりのう。
美津江　（調子高く）「あかいめだまのさそり、ひろげた鷲《わし》のつばさ、あおいめだまの小いぬ、ひかりのへびのとぐろ……」。星座の名をようけ読み込んだ歌なんよ。
竹　造　星の歌なら小学校んときにつくったことがあるで。
美津江　……ほんま？
竹　造　（調子高く）「今夜も夜になったけえ、三つ星、四つ星、七つ星、数えとったら眠とうて、とろりとろりとねんねした。上じゃ星さんペーカペカ、下じゃ盗人《ぬしと》がごーそごそ、森じゃ……」

美津江　……！

竹　造　風呂の火加減、見にゃいけんけえ、あとは割愛じゃ。たしか二重丸もろうて、教室の壁に貼《は》り出してもろうたはずじゃ。（去りかけて）木下さんが岩手へ行こういうて誘うたんは一種の求婚じゃ。そのへん、わかっとろうな。「森じゃふくろがぼろきて奉公せい、お寺じゃ狸《たのき》がぽんぽこぽん……」

竹造は火吹竹を振り回しながら下手へ去る。

それを見届けて、美津江は庭に下り、改めて地蔵の首を見る。やがてこころが決まる。しっかりした足取りで家に上がると、押入れから大きな風呂敷を出して身の回りのものを包み始める。

そこへ下手から竹造がやってきて、

竹　造　木下さんは無精ひげを生やされとったけえ、剃刀《かみそり》を用意しとかにゃいけんで。

美津江　剃刀のたぐいは家の中に置かんことにしとる。首の血管に切りつけて亡《の》うなった被爆者がいくたりもおられたけえのう。風呂桶《おけ》につけといた左手首の血管をあれですらっと切って死にんさった方もおってです。

竹　造　(美津江の様子を観察していたが)……おまいい、ひょっとしたら荷造りしよるんじゃない《なー》か。ほいも岩手へ夏休み旅行に出かけようという荷物じゃなさそうじゃな。

美津江　(頷いて)堀内先生の生花教授のお手伝いをさせてもらおう思うとる。間ものう家を出れば、七時五分の宮島行きの電車には《にゃー》乗れるじゃろう。

荷物をまとめ終えた美津江は、卓袱台に走り寄って便箋《びんせん》をひろげ鉛筆を構える。

竹　造　(抑えながら)木下さんが戻ってきんさるんじゃけえ、その案は考えもんでえ。だいたいが人を招んでおいて途中で放り出す《ほーくりだす》やつがあるか。ほいはごっつ失礼《ひつれー》ちゅうもんよ。

美津江　この手紙を玄関口のよう目につくところに置いて出るんじゃけえ、心配せんでもええのんです。

竹　造　せっかくの御馳走はどよになるんじゃ。くさるにまかせて蠅《はえ》めらに食わせたるいうんか。

美津江　一人で上がってもらうんじゃ。木下さんに、そよに書いとくけえ。

竹　造　風呂はどがあなるんじゃ。やっぱあ、勝手に風呂へ入ってちょんだい、いうて書くんか。

美津江　(頷《うなず》いて)そのあとの文章は……。(ちょっと空《くう》を睨《にら》んで考えて)お帰りの節《ん》は雨戸を閉め、玄関の鍵《かぎ》をかけて出てつかあさい、鍵はお隣りに預けてくれんさい。ほいで最後の一行は、大切な資料はこのままお預かりしときます。じゃけんど、うちのことはもうお忘れになってつかあさい、取り急ぎ……。

竹　造　図書館にはもう出んのか。

美津江　……ええ。

竹　造　いつものややこしい病気がまた始まりよったな。

美津江　……ちがう！

竹　造　いんにゃー、病気じゃ。(縁先に上がる)わしゃのう、おまいの胸のときめきから、おまいの熱《あちー》いためいきから、おまいのかすかなねがいから現れよった存在なんじゃ。そいじゃけえ、おまいにそがあな手紙を書かせとってはいけんのじゃ。

竹造、美津江から鉛筆を取り上げる。

美津江　そいは大事な鉛筆《えんぺつ》じゃけえ、うちに戻してや。昭子さんとのお揃《そろ》いなんじゃ。ピカのときにモンペの隠しに入れとったけえ、生き延びた鉛筆なんじゃ。

竹造　おまいは病気なんじゃ。病名もちゃんとあるど。生きのこってしもうて亡《の》うなった友だちに申し訳ない《なー》、生きとるんがうしろめたい《たー》いうて、そよにほたえるのが病状で、病名を「うしろめとうて申し訳ない《なー》病」ちゅうんじゃ。（鉛筆を折って、強い調子で）気持はようわかる。じゃが、おまいは生きとる、これからも生きにゃいけん。そいじゃけん、そよな病気は、はよう治さにゃいけんで。

美津江　（思い切って）うちがまっことほんまに申し訳ない《なー》思うとるんは、おとったんにたいしてなんよ。

竹造　（虚をつかれて）なんな……？

美津江　もとより昭子さんらにも申し訳ない《なー》思うとる。じゃけんど、昭子さんらにたいしてえっとえっと申し訳ない《なー》思うことで、うちは、自分のしよったことに蓋《ふた》をかぶせとった。……うちはおとったんを見捨てて逃げよったこすったれなんじゃ。

庭へ飛び下り、力まかせに地蔵の首を起こす。

美津江　おとったんはあんとき、顔におとろしい火傷《やけど》を負うて、このお地蔵さんとおんなじにささらもさらになっとってでした。そのおとったんをうちは見捨てて逃げよった。

竹造　その話の決着ならとうの昔についとるで。

美津江　うちもそよに思うとった。そいじゃけえ、今さっきまで、あんときのことはかけらも思い出しゃあせんかった。じゃけんど、今んがた、このお地蔵さんの顔を見てはっきり思い出したんじゃ。うちはおとったんを地獄よりひどい火の海に置き去りにして逃げた娘じゃ。そよな人間にしあわせになる資格はない《なー》……。

竹造　途方もない《とっけもなー》理屈じゃのう。

美津江　覚えとってですか、おとったん。はっと正気づくと、うちらの上に家がありよったんじゃ。なんや知らんが、どえらいことが起こっとる。はよう逃げにゃいけん。そがあ思うていごいご動《いご》いとるうちに、ええ具合《えーがい》に抜け出すことができた。じゃが、おとったんの方はよう動けん。仰向けざま《あぬけだま》に倒れて、首から下は、柱じゃの梁《はり》じゃの横木じゃの、何十本もの材木に、ちゃちゃらめちゃくそに組み敷かれとった。「おとったんを助けてつかあさい」、声をかぎりに叫《おら》んだが、だれもきてくれん。

竹造　広島中、どこでもおんなじことが起こっとったんじゃけえのう。

美津江　鋸《のこ》もない《なー》、手斧《ちょうの》もない《なー》、木槌《きづち》もない《なー》。材木を梃子《てこ》にして持ち上げよう思うたがいけん、生爪《なまづめ》をはがしはがし掘ったがこれもいけん……。

竹造　ほんまによう頑張ってくれたよのう。

美津江　そのうちに煙た《けぶたー》い臭《にお》いがしてきよった。気がつくと、うちらの髪の毛が眉毛《まひげ》がチリチリいうて燃えとる……。

竹造　わしをからだで庇《かば》うて、おまいは何度となく《のー》わしに取りついた火を消《きや》してくれたよのう。……ありがとありました。じゃが、そがあことをしとっちゃ共倒れじゃ。そいじゃけえ、わしは「おまいは逃げい！」いうた。おまいは「いやじゃ」いうて動かん。しばらくは「逃げい」「いやじゃ」の押し問答よのう。

美津江　とうとうおとったんは「ちゃんぽんげで決めよう」いいだした。「わしはグーを出すけえ、かならず《ぜっぴ》おまいに勝てるぞ」いうてな。

竹造　（グーを出す）「いっぷく、でっぷく、ちゃんちゃんちゃぶろく、ぬっぱりきりりん、ちゃんぽんげ」

美津江　（グーで応じながら）いつもの手じゃ。

竹造　ちゃんぽんげ（グー）

美津江　（グー）見えすいた手じゃ。

竹造　ちゃんぽんげ（グー）

美津江　（グー）小さいころからいつもこうじゃ。

竹造　ちゃんぽんげ（グー）

美津江　（グー）この手でうちを勝たせてくれんさった。

竹造　ちゃんぽんげ（グー）

美津江　（グー）やさしかったおとったん……。

竹造　（怒鳴る）なひてパーを出さんのじゃ。はよう勝って、はよう逃げろいうとんのがわからんか、このひねくれもんが。親に孝行する思うてはよう逃げいや。（血を吐くように）おとったんに最後の親孝行をしてくれや。たのむで。ほいでもよう逃げんいうんなら、わしゃ今すぐ死んじゃるど。

『父と暮せば』より　抜粋

解説

『父と暮せば』は、原爆投下から三年後、一九四八年の広島を舞台にした、二人芝居のための戯曲作品です。物語は、主人公の福吉美津江が暮らす広島の自宅を舞台に始まり、原爆で死んだはずの父・竹造との暮らしが描かれます。

戯曲『父と暮せば』は、美津江役と竹造役の二人芝居ですが、井上ひさしは戯曲についての解説で「一人二役」という表現を使っています。美津江は亡くなった父に対して「うちはおとったんを地獄よりひどい火の海に置き去りにして逃げた娘じゃ。そよな人間にしあわせになる資格はない」と思い悩んでいます。その一方で、木下という青年に抱いた恋心を成就させ、しあわせになりたいという思いもあります。井上は戯曲の中で美津江を「自分をいましめる美津江」と「しあわせを願う美津江」の二つに分裂させて、「しあわせを願う美津江」を父親・竹造に演じさせたのです。また、娘のしあわせを願う父は、美津江のこころの中の幻であるとも解説しています。

『父と暮せば』は、こまつ座の第三十四回公演として一九九四年九月に初演され、後に全国各地で上演されました。モスクワや香港、フランスなどの海外公演も行われ、二〇〇四年には、黒木和雄監督によって映画化されています。

原爆被災後の広島を描こうとする文学の不幸に、家族や親子の絆をしっかりと書ききっていくための条件や機会に恵まれなかったことがあります。それは、一瞬にして大量の命を奪った原爆の大罪の一つといえるでしょう。その不幸を、亡くなった父の幽霊を舞台に登場させる戯曲によって越えようと、『父と暮せば』は試みているかのようです。

井上は山形県を故郷にもつ作家なので、広島弁で戯曲を書くにあたり、広島の図書館で広島弁を教わったり、喫茶店でまわりの広島弁に耳を傾けたりして、『父と暮せば』を書きあげました。戯曲の前口上では「おそらく私の一生は、ヒロシマとナガサキとを書きおえたときに終わるだろう」という覚悟を述べています。

作中で美津江は図書館に勤めています。そのことに絡《から》めて、竹造は次のようなセリフを言います。「人間のかなしいかったこと、たのしいかったこと、それを伝えるんがおまいの仕事じゃろうが」。

井上は、こうしたセリフを通して、原爆体験や被災をめぐる情報を伝えていくことが、文学の果たすべき役割であることを語ろうとしていたのではないでしょうか。

井上ひさし

(いのうえ　ひさし) 1934〜2010

現在の山形県川西町生まれの作家。上智大学在学中より浅草の劇場に出入りし、戯曲やシナリオを書くようになる。卒業後は、放送作家として活動。1964年から山元護久と共に連続人形劇「ひょっこりひょうたん島」の台本を手がけ、劇作家としての地位を確立した。1972年、小説『手鎖心中』で直木賞を受賞。

『父と暮せば』
新潮文庫／2001年

HIROSHIMA

井上陽水奥田民生

いつくしむのが　真夏の夜の夢
消えながら浮かびあがる　天満川の流れのゆらめき
あなたの浴衣に　赤い金魚の驚いた顔
記憶は言葉にならないけど　電車と時間は過ぎ去るけど
八丁堀から相生橋まで
こんなに遠く歩いたの?

たたずみながら　真夏の日の朝

静けさに沈みかける　太田川の光のさざ波
あなたの残した　淡いむらさき　アジサイの花
写真の笑顔はセピアのまま　あなたの瞳は花火のよう
鉄砲町まで天満屋　福屋
リボンを買いにでかけたの？

ほとばしるほど　涙の目の空
記憶は言葉にならないけど　想い出ばかりが消え去るけど
紙屋町から鷹野橋あたり
だれかのことを夢見たの？　だれかのことを

『ダブルドライブ』より

解説

『HIROSHIMA』は、音楽ユニット井上陽水奥田民生によって作詞・作曲された作品です。「太田川の光のさざ波」など広島の街並みや景色を描写していく歌詞が、三拍子のリズムに乗って歌われています。

井上陽水と奥田民生という二人の音楽ユニットは、正式名称が井上陽水奥田民生で、楽曲制作を共同作業でおこなっているため、作詞・作曲のクレジットは全曲が井上陽水奥田民生になっています。

奥田民生は、広島市生まれのシンガーソングライターで、音楽プロデューサーとしても知られています。一九八七年にロックバンド「ユニコーン」のボーカリストとしてデビューし、『大迷惑』『すばらしい日々』などのヒット曲によって、バンドブーム時代を代表するバンドの一つとして活躍しました。ユニコーンは一九九三年に解散（二〇〇九年に活動再開）しますが、約一年間の充電期間を経て、「奥田民生」名義でソロ活動を開始します。

『ダブルドライブ』には、ユニットのもう一人井上陽水の出身地・福岡を歌った『海の中道』が収録されていますが、のちにコンサートで『海の中道』は奥田民生が、『HIROSHIMA』は井上陽水が作詞を担当したことが明かされたといいます。

奥田民生の広島への思いは強く、二〇〇四年には当時の広島カープの本拠地、広島市民球場で弾き語りのコンサートを行っています。

また、二〇一一年には観光案内ポータルサイト内の動画でナレーションを行い「ぼくの生まれ育った広島は、瀬戸内海に面し気候も温暖で、海と山が近く、風光明媚な場所がとても多いところです。特に瀬戸内海に数多く浮かぶ島々の様子は、他には類のない独特の景観で、世界的にも誇れる場所ではないでしょうか。まあ　いっぺんきてみんさいひろしま」と語っています。

井上陽水奥田民生

(いのうえようすい・おくだたみお)

井上陽水(1948〜)と奥田民生(1965〜)の二人のミュージシャンによるユニット。1997年にシングル『ありがとう』とアルバム『ショッピング』をリリース。2006年にはシングル『パラレル・ラブ』、その翌年には２枚目のアルバム『ダブルドライブ』をリリースし、初のライブツアーを行った。

『ダブルドライブ』
FLME／2007年

巡礼

山代巴

当時三次《みよし》の町にはセキさんが知っているだけでも、尾関山《おぜきやま》の下には伊藤、太宰町には岸本、舟越、本町には竹田と、大きな炭問屋が何軒もあり、太宰神社や恵比須神社前あたりには、三吉《みよし》とか立川とか梶原とかいって、大きな水車を持った米問屋も何軒かあり、本町の下手《しもて》には八木三八《やぎさんぱち》という石州《せきしゅう》問屋もあって、これらの問屋へ向けて荷車が殺到していた。まんじ巴《ともえ》に三次を取りまく川には川舟が流れ寄っていた。だから荷車引きや川舟の船頭を相手にする飲食店も沢山あった。その飲食店はどれもこれも道から鍋や釜がまる見えで、荷車引きや船頭たちは、湯気の立つ鍋へ豆腐や葱《ねぎ》を切って入れるのを見ては食欲をそそり立てられて、これらの店へ一度も足を踏み入れないで働くのは神業《かみわざ》に近いことだった。西城川《さいじょうがわ》を下ってきた川舟の船頭が、朝日橋の下へ荷をおろし、浜屋小路をヨッチヨッチと掛声をかけて本町へ出てくる、その突きあたりにあった常田という飲食店や、太宰町の安原治六とか恵比須町の角の鶴岡というような飲食店は、特別人々を引きつけていた。あるみぞれの降る日だった。茂市《もいち》さんは風邪をひいたようだと言って、恵比須町の角の鶴岡へ、はじめてセキさんを連れて入って、自分は酒を一本わかさせ、イナのあぶり串(イナという魚を串にさして焼いたもの)をとり、セキさんには豆腐汁をとってくれた。二人の向いあったテーブルの下には炉が切ってあって、炉には炭火がよくおこっていて足の先を温めてくれた。二人が足を温めていると、また一組の夫婦の荷車引きが入って来た。その荷車引きは子どもを連れていた。男は子どもを抱き、女はむつきを出してテーブルの下の火で温めた。セキさんは、

「なんぼうでがんしゃあ」

と子の年を聞いた。むつきを温める女は、

「一年と三か月でがんす」

と言った。それならツル代と同じ頃に生まれたのだ。

「歩いてでがんすきゃー」

「へいへい一間でも二間でも」

セキさんはその言葉を聞くと悲しくなった。ツル代はまだ這《は》いもしないのだ。

セキさんはその荷車引きの女が、

「おーおー、出たか出たか悪かったのう」

と言いながら、ぬれたむつきを取って、温めたむつきにかえてやるのを見ると、汚れたむつきをあてて泣いているわが子の姿がまぶたに浮かんで羨《うらや》ましかった。

「女ごいうものは、わが子の尻へ温めたむつきをあててやるぐらい嬉しいことはがんせんのう」

と、セキさんははじめて見るその荷車引き女に言った。相手は、

「へえへえ、わしらには家へおって子どもをみてくれる者がおらんけえ、かわいそうに日がな一日荷車の上へ乗せて歩くんでがんす。せえでも、シーが出たら出たいうて知らせる気でがんしょう、荷車の上で泣くんでがんす。日には十ぺんもむつきを取りかえてやるんでがんす。なんのかまうことはない、汚したむつきは道中で洗うて、荷車の荷網へ乾して歩くんでがんす。そうやって乾いたむつきをあててやるんでがんす」

と言った。セキさんは、そうだ自分もそうしよう。明日からはツル代を荷車に乗せて、むつきは道中の川で洗って荷車の荷網に乾してと思い、茂市さんに、

「あんた、明日からこの衆のようにツル代を荷車へ乗せて出ようじゃあがんせんか」

と相談した。茂市さんはにがい顔をして、

「お母にあてつけたようにあろうで」

と言った。そう言われればそうだ。世間へは姑が孫の子守をしていることになっている。その孫を連れて出ることにしたら、

「わしの子守が気に入らんそうな」

と、今までよりも家庭がおもしろくなくなるだろう。人は嫁と姑の仲が悪いようにも言うだろう。それを思うとセキさんは場所もわきまえず涙が出てきた。

はじめて食べる飲食店の豆腐汁は見るからにおいしそうだった。イナのあぶり串で熱い酒をのむ茂市さんも、醬油《しょうゆ》の色のしみこんだ湯気の立つ豆腐を見ると、

「その豆腐を一口食わせてみい」

と、羨ましそうに箸《はし》を伸ばした。

「へえへえ、みなでも食べない。わしは豆腐汁う食うより、ツルの尻へ温いむつきがあててやりたい、ツーよー、ツーよー」

と、セキさんは泣いた。茂市さんは、

「エエーッォ」

と、おこったように舌打ちをして、

「姉さん、もう一杯熱い汁うくれー」

と、豆腐汁を注文して、汁がくるとセキさんの方へは背中を向けて汁をすった。セキさんは熱いおいしい豆腐汁を一口すっては涙にむせんだ。

やがて山道は雪にとざされて、荷車も動けなくなった。セキさんは毎日姑と並んで炭俵《すみだわら》を編んだ。姑は日がな一日炭俵を編む手を休ませたくない様子だったが、セキさんは姑が睨《にら》もうとどうしようと、日には五へんも六ぺんもむつきをしかえてやりに立った。だがツル代は腹ばかりふくれて、手も足も細く、年が明けて数え年三つになっても、まだ這おうともせず、寝返りもようやくのことだった。雪がとけてセキさんはまた荷車を引かねばならなかったが、頭の中は這えないわが子のことで一杯だった。

ある日またあの旅の荷車引き女に逢った。女はやさしく、

「あんたの子ども衆は歩くようになっちゃったかいの、どうかいの」

と、声をかけた。セキさんはその声を聞くともう涙が出てきて、

「まんだよう歩かんのでがんす」

と、泣きながら言った。

「それは心配にがんしょう。そんなら早うお四国巡礼にでも連れて出てあげんさい」

と、女荷車引きはやさしかった。巡礼と言えば聞こえがいいけれど、それは物もらいだ。下布野《しもふの》から君田村《きみたそん》の方へ越すところに、徳川の末から明治の初年にかけての開墾部落があって、その辺からよく〝父母の恵みもゆかし紀三井寺《きみいでら》〟とか〝一つや二つ三つや四つ、十にも足らぬ幼な子が、賽《さい》の河原《かわら》で石を積む〟とか、鈴を振りながらうたって来て、物をねだって行く女たちがいた。その女たちの中には〝今日こなたでもらわなきゃ、鍋も釜も総休み〟と、おどかし文句をうたって物をねだる女もいた。セキさんはいつとはなしに覚えた、それらの物もらい女の歌を口ずさむと、涙がとめどなく流れて出た。だが、あわれな物もらい女になってでも、わが子に吸いたいだけの乳を吸わせ、乾いたおむつでくるんでやろうと決心した。いかに二人前働く茂市さんといえども、セキさんが荷車を引かない限り銭を残すことは出来ない。それにくまごばかり食べて、豆腐汁さえも茂市さんがとってやらねば食べもしない、それほ

ど夫につくしているセキさんなのに、セキさんはそのことを茂市さんに打ち明けることが出来なかった。

今日はどうしても打ち明けようと思う日、またも雪が降ってきた。空車でも坂を登る帰り道は、荷を積んで下るよりもつらいのに、日が暮れて前を帰る荷車のわだちさえも消えがちな雪の坂道は、提灯《ちょうちん》をつけて登るのはなおつらい。セキさんはそのつらい坂道で、勘当《かんどう》以来足かけ五年、音沙汰なしに暮す親のことを思っては、提灯の火も暗くなるほど泣いた。だから家へついたのは十時をすぎていた。茂市さんはいろりの前で熱いものをすすりながら、やっと帰って来たセキさんを見ると、

「あんまり遅いけえ、迎えに行こうか言よったところじゃ」

と、いつにもなくやさしい声をした。姑もまたいつにもなくやさしく、

「ごくろうじゃったのう、早う上って温かいものを食べるがええ。ほんに今日は思いがけのうにの、あんたの親ん方から沙汰人《さたにん》が来らっしゃった。親いうものは有難いもんじゃ、親の見舞の豆飯を炊く米もなかろう思うてか、これこうやって、餅米まで持たせて」

と、五升も入っていそうな袋をさした。セキさんは驚いて、

「誰が悪いんかしらん」

「お母ーさが悪いんじゃと。お母ーさはあんたがこの家へ来て以来、腹にかたまりが出来てとけんそうな。今年は正月から寝たきりで、昨日医者を迎えたら、医者は逢わせておきたい者は早う呼んだがええ言わしゃったげな。お父っさんもこの度は勘当を忘れて、セキも呼んでやれ言わしゃったげな。まあ一ときも早う行くがええ、わしゃ見舞の豆飯を煮よう思うて」

と、姑はいろりに鍋をかけて小豆を煮ていた。セキさんの心はたちまち大津という、江《ごう》ノ川《かわ》のほとりの川舟の港の奥にあるなつかしい故郷へ飛んだ。だがそこへは高い山の裾《すそ》を、五里もおりて行かねばならぬ。暗い奥の間のツル代の寝間へ這って行って、

「おーおー待ってくれたか、待ってくれたか」

と、子にものを言いながらむつきをはずすと、今朝あてて出たむつきがそのままで、腰から下は汚れたものを塗っている。

「おーおーかわいそうに一日中なんぼうか、うっとうしかったろう」

と、セキさんは声を出さずに独り言を言い、

「明日はこの体を大津のおばあさんに見てもらうのか、やれ可愛やのう、足がひと晩に大根

ほどにふとればええのに」

と、熱い湯をつかわせて、骨と皮ばかりの足を何十ぺんもさすってやった。

あくる朝起きてみると、雪は積った上になお降り積っていた。セキさんは子を負うて、母親の見舞の豆飯をかかえ、雪の中へ膝までつかりながら、いそぎにいそいだ。けれども雪の道は思うように歩かれず、日暮れ頃にようやく親の家へついた。やせおとろえて寝返りも自由に出来ない母親は、セキさんを見るとただ泣いた。頑固一徹《がんこいってつ》の父親も、涙を浮かべているばかりだった。だがあくる日になると母親は、

「なんと不思議なことかいのう！　腹のかたまりがとけたような」

と言って、セキさんの給仕で粥《かゆ》を食べ、

「わしゃワニ(日本海で取れるワニザメで、この地方では刺身にも使う)の煮つけが食べてみたい」

と、急に元気づいてきた。

「どれ、子をみせてみい」

と、ツル代を引き寄せて、

「やれおぞやのう(恐ろしやのう)、明日の命も知れんような骨と皮、セキはこれでも肥《ふと》めて

やる気かい」

と言った。セキさんは、

「はいお母ーさ、あんたがわしを忘れられんように、わしゃ片時もこの子のことが忘れられん。今日の日にでも巡礼に出て、お大師様にこの子の命乞いをしようかと思うて」

と泣いた。


（中略）


横江のお大師様で指折り数えてみると、家を出てからもう四十二日がたっていた。さてこれからどう歩こうか、呉《くれ》ガ峠《とうげ》へ出て帝釈峡《たいしゃくきょう》を抜け、永明寺の賽《さい》の河原《かわら》へ参ろうか、セキさんがそんなことを考えている時、ツル代は茶店の床几《しょうぎ》をつかまえて、ヨッチ、ヨッチ、ヨッチと、三歩ほど一人で歩いた。

「おおー歩く歩く、ツーが歩くツーが歩く」

と、セキさんは手を叩いて喜んだ。

セキさんはもうどこへ参ろうともせず、故郷へ向けて帰りだした。時はもう、北へ向けて流れる川のほとりにも、名もない草の花ざかりで、蝶も蜂も楽しそうに飛んでいた。セキさんは日に何度もその花々の中へ子どもをおろして歩かせてやった。子どもは一度歩けば一度ずつ歩くのが上手になって、三次の川原まで帰った時にはもう、ころんでもころんでも声を立てて笑いながら歩いた。そして母親をカーカーと呼び、食べる物はウマウマと言い、下の方から出そうになるとシーシーと教えるようになっていた。

三次でひと晩泊まったセキさんは、朝早く三次を出て、ここから大津へ六里の道を一息に歩こうと、香淀《こうよど》までわき目をふらずに歩いたが、香淀まで帰ると、かぶっていた手拭《てぬぐい》を脱《ぬ》いで乞食袋《ほいとぶくろ》に縫えと言ってくれた娘の家と、はじめて物をもらった老婆の家と、この二軒にものを言わずに通ることは出来なかった。その家の土間の入口に立ち、

「今帰って来ました。見て下されやこの子を」

と言うなり、涙がぼろぼろと敷居の上にこぼれた。手拭をくれた娘は、

「これがあのおぞいような子であったの」

と、ツル代のくびれた手を振りながら泣いてくれた。はじめて米と甘藷《いも》をくれた老婆は、

「早よういんで親に見せてあげんさいよー」

と言って泣いてくれた。ここから四里の道は、ただ背中の子へ、

「バーバーへいぬるんど、バーバーバーへ」

と、歌でも教えるように教えながら、わき目をふらずに歩いた。ツル代は背中でバーバー、バーバーと、元気よく体を踊らせていた。そして大津の奥の親の家へ帰るなり、

「バーバー」

と大きな声で呼んだ。セキさんの母親はまだ病みほうけてぶらぶらしていたが、

「やれ不思議やのう、セキが子どもを連れてもどって来た。この子はまあなんとまめ(元気)げになったこと、手首は糸輪《いとわ》、足首も糸輪、これがあの骨と皮ばっかりの、おぞいような子であったかいのう」

と、涙を拭いた。父親は、

「セキよ、お母ーをおがんでくれ。お母ーはの、お前が出た日から今日まで、どうぞお前らが腹がひもじゅうないように言うて、日に三度陰膳を忘れたことがない。お前といっしょにツルの命乞いをしてやる言うて、寝間の中から御詠歌《ごえいか》をながして、ほんに、今日はどこまで行ったやら、どうぞ雨風も荒れんように、日和《ひより》続きであるように言うて、祈らん日はなかったぞ」

と、涙を拭いた。セキさんは、

「お父っさんもお母ーも、ほんにもったいのうござりました。おかげをこうむったか、香淀からむこうは十軒のうち八軒まで、なんどかんど恵んで下さって、毎日気がねをせっと食べたおかげで、乳もよう出て、乳と乳との間にうまい物を買《こ》うてやれて、一日は一日ずつ、まめにしてもろうたんでござります」

と、涙にむせんだ。

『荷車の歌』より　抜粋

解説

『荷車の歌』は、明治時代後期の広島の山村を舞台にした作品です。広島県三次《みよし》の地主の屋敷で女中奉公をしていたセキは、郵便配達夫の茂市から求婚され、二人で荷車引きの稼業をはじめます。姑から辛《つら》くあたられますが夫婦で荷車引きに精を出し、新居を構え車問屋を成功させます。しかし時代は荷馬車やトラックへと変わり、子供たちも次々と巣立っていきます。やがて平穏を願いながら暮らす山村に、戦争が暗い影を落とし始めていくという、セキという女性の人生を柱に世相の変遷を描いた物語です。

一九一二年に広島県芦品《あしな》郡栗生《くりぶ》村（現在の府中市栗柄町《くりがらちょう》）に生まれた山代巴は、広島県に実在した日野イシさんと出会い、小説の主人公セキの一生を描くことになりました。イシさんが会合で「生きた恥を敢《あ》えて発言して、仲間たちの共通の言葉を引き出す呼び水にしよう」と打ち明け話をしたのがきっかけでした。

『荷車の歌』は多くの女性たちからの支援によって、一九五九年に山本薩夫《さつお》監督、三國連太郎、望月優子、左幸子らの出演で映画化されました。

映画製作を実現しようと、当時の森永キャラメルが一箱十円だったことから、三國が「キャラメル一個で日本の婦人の地位は向上します」と訴えかけ、農協婦人部一人カンパ十円という目標を掲げた資金調達が進められました。全国三二〇万人に及ぶ農村婦人部から投資が集まり、それを元手に映画は完成します。作品は評判となり、全国各地でおよそ十年間上映が続けられ、観客数は一〇〇〇万人に達したといわれています。

広島県三次市作木町《さくぎちょう》岡三渕《おかみぶち》、県道四三七号沿いの女亀山《めんがめさん》ふもとには、築五〇〇年の旧庄屋屋敷「殿敷《とのしき》」が建っています。この作木町で最も古い民家は『荷車の歌』のモデルになった屋敷で、実際に使われていた荷車が置かれています。

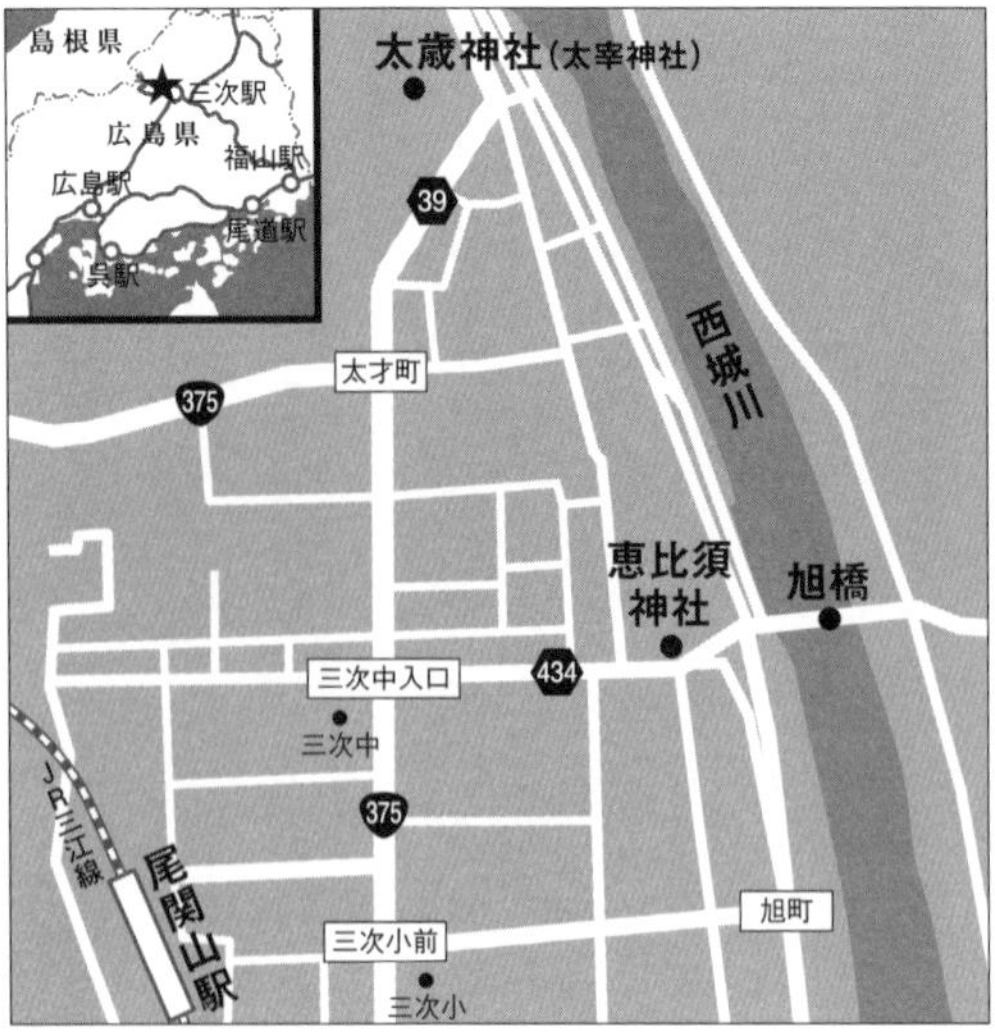

山代巴

（やましろ　ともえ）1912～2004

現在の広島県府中市生まれの小説家。日本共産党に入党し、労働運動家の山代吉宗と知り合い、結婚する。1940年、夫婦で治安維持法違反で検挙され敗戦まで獄中で過ごした。夫は獄死する。戦後は広島に戻り創作活動に取り組む。代表作に『荷車の歌』『蕗のとう』などがある。

『山代巴文庫第二期第三巻　荷車の歌』
径書房／1990年

食

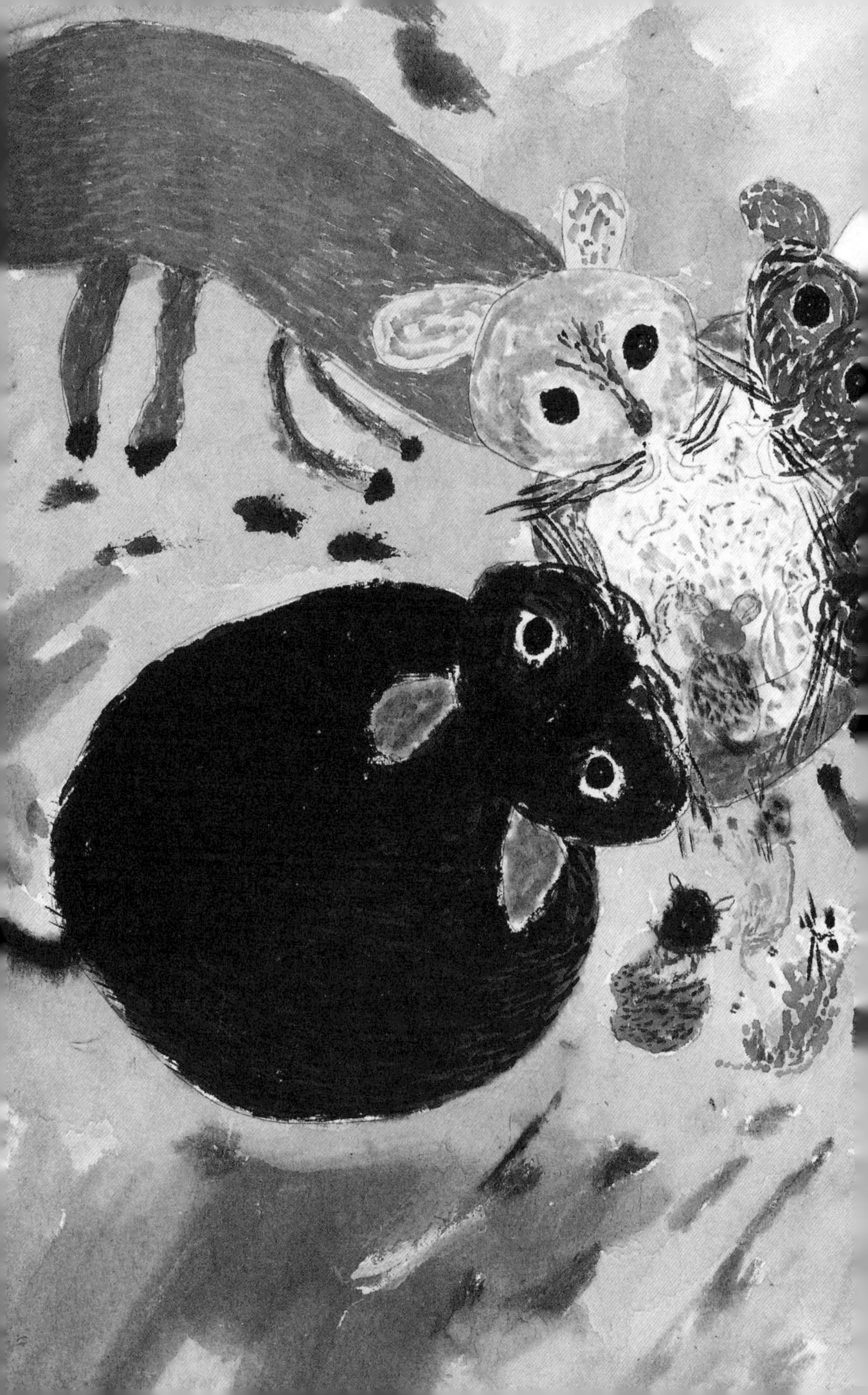

ヒロシマ　めぐりくる夏

那須正幹

新装開店して一、二週間は、客の入りも上々だった。が、二月にはいった頃から、しだいに客足が落ちてきた。この季節、観光客が減るのは毎年のことだし、寒い日は、夜の客も一割方減るのが常だったが、週に一度は昼食を食べにきていた常連客たちの足も遠のきはじめたのだ。

値上げが影響したのだろうか。しかし、改装前にそれとなく町内の別の店の値段を調べたところでは、どこの店も、肉、玉、そば入りが四百五十円で、和子の店だけが、ほかの店より五十円安かったのだ。

二月の売上は、去年の同じ時期にくらべて二割少なかった。

せっかく店を改装したというのに、これではなんの意味もない。和子は、改装の世話をしてくれたソースメーカーの営業マンに相談してみた。

「そうですねえ。一般的に二月、三月は、どの店でも客の入りが悪いんです。以前は、お好み焼のお店というのは、冬場のほうが客の入りが多くて、夏場は減るというのが常識だったんですけど、エアコンが導入されるようになって、かえって夏場のほうが客の入りがよくなってるんですよ。それと……」

営業マンは、店内をぐるりと見まわした。

「昔からのお客さまは、お好み焼の店のイメージを持ってらっしゃいましてね。お好み焼の店というのは、のれんをくぐって、開き戸をあけ、鉄板のまわりの丸いいすにこしかけて食べるものだという、そんなイメージなんです。こちらのように古くからやっておられる店のお客さんには、たぶん、とまどいがあるんじゃないんですか。なんていうか、急に敷居が高くなったという……。ご心配はありません。そのうち慣れてこられれば、これまでどおり、かよってくださいます」

ソースメーカーの営業マンは、そんな解説をして励ましてくれたが、陽気がよくなっても、客の入りは、さほどのびる様子もなかった。こんなことなら、改装なんかするんじゃなかった。昔どおりの店構えのまま、普通のお好み焼だけを売っていたら良かった。

つい、そんな後悔の念が胸をよぎるのだ。

安岡のおばちゃんが、店をおとずれたのは、そんな頃だった。三月二十五日の午後である。

昼時の客が引き上げ、店にはふたりの中年女性がいるだけだった。

「ごめんねえ。急におしかけてきて……。今朝になってね。ああ、今日は靖子さんの命日なのだと思いだしてねえ。ほいで、お線香でもあげさせてもらおうかと思うて、やってきたんよ」

美代にいわれて、和子もはっとした。今日は母親の命日だったことを、すっかり忘れていたのだ。

店は志乃にまかせて、母屋の居間に美代を案内した。いそいで仏壇の扉をあけ、灯明をともす。美代は仏壇の前で長いこと手を合わせていたが、やがて和子のほうに向きなおった。

「お母ちゃんが亡くなられて、何年になるんかねえ」

「昭和四十年ですけえ、今年で二十二年になります」

「うちより、五つくらい年上じゃったよねえ。生きとられるとすれば、七十一……。まだまだお元気じゃったろうに。カズちゃんはいくつになったん」

「この六月で[★1]三になります」

「まあ、もうそんな歳になったんね。うちが歳をとるはずよう」

苦笑しながら、仏壇をふり返った。

「靖子さんの墓はどこにあるん」

「石打《いしうち》にある、真田家の墓にいれてもらいました」

「そうかね。まあ、そのほうが靖子さんもあんきなろう。ご両親といっしょじゃけえ」

あんきというのは、気楽という意味の広島言葉だ。

そこで安岡のおばさんは、よっこらしょといって立ち上がった。

「ああ、これで気がすんだ。商売のじゃまして悪《わり》かったねえ」

「とんでもありません。よう、お参りしてくださいました。いまお茶でもだしますけえ」

「ええよ、ええよ」

手をふりながら、ふと、思いついたようにいった。

「お茶はええけえ。お好み焼をごちそうしてくれんかね。カズちゃんとこのお好みも久しぶりじゃ」

「どうぞ、どうぞ。ここへ運ばせましょうか」

「いんやの。店で食べさせてもらおう」

安岡のおばさんを店に案内すると、さきほどの客はすでにいなくて、志乃がひとりで店番をしていた。

「このあたりも、えっとかわったもんじゃ。タクシーできたんじゃけど、店の前を、もうちょっとでいきすぎよった。店のおもてがハイカラになっとるけえ、わからんかったよ。最近ころもがえをしたの」

おばさんは、店のなかを歩きまわりながら品定めするように壁やテーブル席をながめまわす。

「今年のはじめに改装したんです」

「あいかわらず繁盛《はんじょう》しとるんじゃ」

和子がお好み焼を焼きはじめると、おばさんはようやくカウンターにこしかけた。

「それが、改装してから、お客が減ってしもうてから……。こんなことなら改装なんかせにゃあよかったと後悔しとるんです」

おばさんはだまって品書きに目をやる。

「うちも長いあいだ、流川《ながれかわ》で商売やっとったから、ようわかるんよ。お客というのは移り気なものよね。ここの店は常連客が多いんかね。それとも一見《いちげん》さんが主なの」

「昔は近所のひとがよう食べにこられたんですが、最近は勤めのひとがふえましたね。それから観光客のひとも見えられます」

「減ったのはどっち……」

「両方ですかねえ」

「このあたりも、昔と違って、住宅地ばかりじゃないじゃろう。ご近所の奥さんばっかり相手にしとるわけにいかんじゃろうしね。国道沿いの会社とか、店屋の従業員が昼ごはん食べにくるんじゃないん」

「そうです」

「ほいで、夜はどうなん。ここもお酒はだすんじゃろ」

「いうても、ビールくらいなもんです。夜は八時、おそうても九時にはしまいますけえ。まあ、夕飯がわりに食べていかれるお客さんが多いです」

おばさんは、軽くうなずいてみせてから、話しだした。

「お好み焼いうもんは、おかしな食べ物でね。昔は一銭洋食といいよったらしいけど、だれもお好み焼が洋食料理じゃとは思ってないんよね。ほいじゃあ和食かというと、そうでもない。お客さんはレストランでお好み焼を食べようとはせんでしょうし、料理屋でお好み焼を食べようとはせんじゃろう。お好み焼はお好み焼の店で食べたいんよね。それも軒下《のきした》にのれんのかかったお店でね」

　そこでおばさんは、壁のメニューをあごでしゃくった。

「あれを見たら、お好み焼のほかに、いろんな食べ物があるけど、チャーハンやら焼き肉やら、注文するお客がおるの。ほいから、いろんな別注文の食材があるけど、あんなものを追加するお客がおるの」

　和子は、思わず志乃を見た。志乃がだまって首を横にふる。

「あんまりおられんですねえ。いろんな食べ物があったほうが、お客さんが自由に選べると思うたんですけど、ほとんどのお客さんはお好み焼だけ食べていなれます」

「そりゃあ、酒のつまみに焼き肉とか野菜炒めくらい注文する客はおるかもしれんよ。ほいじゃけど、ここは飲み屋じゃないんじゃけえ。お客はお好み焼を食べたいから、ここにくるんじゃろう。それに、いちいち、イカやらエビやら、追加するのはめんどくさいんよ。いっそのこと、最初からエビ入りとかイカ入りお好み焼ということにして、ずらっとお好み焼の種類をならべたほうが、お客は注文しやすいんじゃないん」

おばさんに指摘されて、初めて品書きの書き方にもくふうがいることに気づいた。

「じつはね。うちの店も、近ごろ競争が激しくなってね。うちらの頃は夕方になって店をひらいてじゅうぶんやっていけよったんじゃけど、最近は、昼御飯時にも店をひらくことにしたんじゃと。勤め人のための定食をはじめたんよ。そしたらけっこう客がはいりだしたそうな。あんたんとこも、昼ごはんや夕ごはんがわりに食べにくる客が多いそうなが。そんならいっそのこと、お好み焼とご飯をセットにしてだしたらどうなん。そうじゃ、ついでにお味噌汁と漬物もつけるの。ご飯はむすびがええかもしれんよ。チャーハンとお好み焼をセットで食べるひとはおらんけど、味噌汁やおむすびのセットなら、けっこう喜ぶんじゃないかねえ」

ちょうどお好み焼が焼きあがった。おばさんは、合掌《がっしょう》してからヘラを手にとった。

「うん、昔どおりの味じゃね。これではやらないのはおかしいよ。ただね、おむすびとセットにするときは、この半分とはいわんでも、もうちいと小さめのほうが、かえって喜ばれるんじゃないの」

ご飯とお好み焼をセットにして売りだす。和子は、これまで考えたこともなかった。そういえば、昔たちよった関西風のお好み焼の店では、おむすびもメニューにくわえていた。なるほど、昼食や夕飯がわりに食べにくる客にとっては、あんがい喜ばれるかもしれない。

美代はこんなこともいった。

「食い物商売いうのは、浮き沈みは必ずあるもんよ。近頃は、やれハンバーガーやらフライドチキンやら、いろんな食べ物屋ができてきとる。高級レストランなんかも、ようはやっとるそうなけど、いまの景気は長つづきはせんと思うよ。いまにドカンと不景気がくるに違いない。ほいじゃけど、どがあに景気が悪うなっても、広島の人間は、お好み焼を食べんと、生きていけんようにできとるんよね。心配せんでも、そのうち、お客さんがもどってきてくれるよね」

おばさんは、にっこり笑ってみせた。ただ、おばさんの前のお好み焼は、半分もなくなっていなかった。

「ごめんねえ。のこしてしもうた。このところ食がほそうなってしもうたんよ」

この日が、安岡のおばさんに会った最後だった。それから一か月もたたないうちに、おばさんは入院。冬を待たずして亡くなった。子宮ガンだった。
安岡のおばさんの葬式に出た後、和子は、志乃や森永くんにも相談せず、店の入り口をもとのガラス戸にもどすことにした。ドアの上の店名のはいった木彫りのプレートをはずし、昔どおりの「お好み焼いちはし」ののれんをかかげた。メニューも一新《いっしん》し、焼き肉などの鉄板物はすべてやめて、お好み焼のみに統一。その代わりに、おむすびと味噌汁つきの「お好み焼セット」をくわえた。

『ヒロシマ(三)めぐりくる夏』より　抜粋

★1　三＝四十三歳。

解説

那須正幹は広島県出身の児童文学作家で、大学卒業後、営業職等を経て『首なし地ぞうの宝』でデビューしました。代表作の『ズッコケ三人組』は、おっちょこちょいのハチベエ、理論家で気むずかしいハカセ、のんびり屋のモーちゃんの三人が活躍する児童小説で、シリーズ合計五十巻の大ヒット作品として広く知られています。

『ヒロシマ（三）　めぐりくる夏』は、二〇一一年に刊行がはじまった「ヒロシマ」三部作の第三部作品です。「ヒロシマ」は、お好み焼店をきりもりする三代の女たちの生き様を描いた作品です。

第一部『歩きだした日』は、終戦後、市橋靖子が娘の和子と広島でお好み焼店を開くところから始まります。

第二部『様々な予感』は、靖子が原爆による白血病を発症し、東京のレストランに勤めていた娘の和子がお好み焼店を継ぐため広島に戻ってきます。

そして、第三部の『めぐりくる夏』では、靖子の死後、和子と娘の志乃、祖母（志乃の曾祖母）の三人で店をやりくりする様子が描かれ「今日、一日、明日一日、心をこめてお好み焼を焼きあげる。そのくり返しだけを考えればいいのだ」というくだりで幕を閉じます。

「お好み焼」は、今でこそ広島名物ですが、「それは戦後のことであり、しかも郷土料理と違って、店頭商品として普及してきた食物である」と那須は本書のあとがきで解説しています。また「屋台店のほとんどは、戦後外地から引き揚げてきた男性やその家族によっていとなまれるが、住宅地のそれは戦争や原爆で寡婦《かふ》となった女性によるものが多かった」といいます。
本作では、原爆投下後、焦土《しょうど》となった広島の復興していく過程が、お好み焼屋という舞台を通して市井《しせい》の人々の視点から綴られています。同時に、社会が豊かになるにつれて、大切な何かを失っていくといった問題提起も含んだ、一般的に言われる「児童文学」の枠に止まらない広がりを感じさせてくれる作品です。

那須正幹
（なす　まさもと）1942～

広島県広島市生まれの児童文学作家。島根農科大学（現在の島根大学生物資源科学部）卒業。東京で2年ほど会社に勤めた後に広島に戻り、広島児童文学研究会に参加。1970年『首なし地ぞうの宝』で学研児童文学賞に佳作入選。翌年、作家としてデビュー。代表作『ズッコケ三人組』シリーズは27年間続いた。

『ヒロシマ（三）めぐりくる夏』
ポプラ社／2011年

広島と島根でつながる〝うずみ〟

河野友美

●うずみとは

うずみという料理がある。具をうずめるからだ。うずめる材料はご飯である。ご飯の中に具がはいってしまうから、中に何がはいっているかわからない。一見、わびしそうにみえるけれども、実は、中のほうはよいものを使うこともできる。

うずみは島根から中国山脈を越えて広島にでてきた石見《いわみ》、あるいは出雲《いずも》文化の流れの一つと考えられる。このルートはかなり強いものであるようだ。当然だが、こういったところに食べものの道がつながっていることは間違いない。

まず、うずみについての形態を知る必要がある。うずみは、初めにも書いたように、うずめめしのなまったものである。どんぶりものの一つとも考えられるが、ふつうなら、どんぶりの上に具がくるところが、この場合は、飯の中に具がはいってしまう。中というよりも、底といったほうがあたっているだろう。

材料としては、豆腐と魚の場合もあるし、豆腐と野菜の組合わせやタイのような魚を中心としたものもある。いずれもしょうゆで煮て、この具をまず茶わんの底に入れる。この上に温かい飯を入れ、上からたっぷり煮汁をかけるのである。また、煮汁とともに具をさきに入れておいてその上から飯を入れる場合もある。

最終的には、どんぶりのように、上から具をかけても同じとも考えられるが、まざり具合とか、ご飯とともに、具をほどよく食べるためには、このほうがよいのかもしれない。

（中略）

●広島のうずみ

広島のうずみは、福山などで食べられているようだ。もちろん、アチコチにあると考えてよい。一例をあげると、こちらはエビである。なべにしょうゆと水を入れて、その中にエビを入れて煮上げて取り出す。これをダシにして豆腐やネギ、ニンジンなどを入れて煮上げる。

このとき、ダシは初めのものよりも水を足してうすめたほうがよいようである。また、材料はやや細かく切るほうがよいともいわれている。

こうして煮上げたものの具を、どんぶりの底に入れ、ご飯をその上に盛る。そして、上から具を煮た汁を入れるとでき上がる。

広島に伝わった中国山脈越えの文化は、さらに瀬戸内に広がっていくようだ。例えば、松江や江津《ごうつ》（島根県）あたりから川をさかのぼり山を越え、さらに広島県内にはいった文化は、瀬戸内海の大きな島や、本州の瀬戸内側を伝い、四国へ伝わっている。この場合、高松のほうに渡るよりも、松山のほうに渡っている。このことは、遺跡から出土する特有の土器などの形から推定されているようだ。

とすると、食の文化も同様のルートをたどっていると考えて差し支えないと思う。

ところで、日本海側からの中国山脈越えであるが、その中継点は広島県北部にある三次《みよし》である。ここは江川《ごうのがわ》（江の川）の上流にある。江川（広島県下では可愛《えの》川と呼ぶ）は三次で馬洗《ばせん》川と西《さい》城《じょう》川が合流し、大きな流れとなって島根県の大田と浜田の間にある江津《ごうつ》にでる。中国地方で一番大きな川で大正一三年に上流にダムができるまでは三次――江津間に舟運が古くから盛んであった。

一方、三次から馬洗川をさらに上流にいくと塩町があり、このあたりで上下川《じょうげ》という支流と合流する。この上下川も水流の多い舟運に使える河である。上下川の上流の町、上下は広島県福山への石見《いわみ》街道の宿駅であり、福山へ流れる芦田《あしだ》川の支流である矢多田《やただ》川の分水線となっている。つまり、江川からのぼり、三次を通って福山へ行くには交通のきびしい時代でも、かなりたやすく往き来できたということである。

さきにあげたうずみが、島根県西部から三次を経て、瀬戸内側の福山に伝わっていったのも当然だと考えられるのである。なお、上下川の出発点上下町でもうずみが食べられていた。ここでは、農作業に野菜を主としたうずみをもって田畑に行ったようで、うずみを鉢ごと入れる容器もあるようだ。

●瀬戸内の「食」の移動

このうずみで想い出されるのは、大阪のウナギどんぶりである。大阪では、ウナギどんぶりにマムシというのがある。初めて名前を聞く人は、ヘビで猛毒のあるマムシを連想し、いったい何を食べさせられるのかとビクビクするが、実はたいへん味のよいうなどんぶりなのだ。このマムシは、ウナギどんぶりといっても少しつくり方がちがう。うずみと同じように、表面にはウナギは顔を出してない。ただ、ご飯の表面にウナギのタレがかかっているだけである。

そのつくり方は、うずみのように具を底に入れるのではなく、底には半分まで温かいご飯がはいっている。この上に焼きたてのウナギのかば焼きを入れる。そして、さらに、その上に温かいご飯をのせる。こうして盛り付けたどんぶりの上から、ウナギのタレをかけるのである。

ウナギはご飯の間で蒸されて香りがさらに高くなるし、うま味が逃げない。汁も途中にウナギがはさまっているから、上からかけても容器の底まで全部がたれていくことがない。ウナギを上にのせてタレをかけると、底の最後のめしはタレ漬けになってしまうことがある。こういったことがマムシでは防げるというわけだ。

おそらくこの知恵は、うずみあたりからきたのではないだろうか。こういった形のウナギどんぶりは、大阪を中心として瀬戸内地方にはあるが、その他のところではあまり見かけない。とすると、やはり福山あたりから船で往き来していた人たちが伝えたものではないだろうか。とくに大阪は、瀬戸内海を通ってきた船がたくさん着いていた町である。瀬戸内の調理法が伝わらないほうが不思議というものだ。

中でも福山は尾道《おのみち》と共に古くから栄え、芦田川の下流には、草戸千軒《くさどせんけん》町という港町が平安末期から江戸初期に存在し、旅籠《はたご》で賑わっていたと推定されている。しかし、延宝元（一六七三）年の大洪水のとき、対岸の福山の町を守るために草戸側の堤防がきられ、一瞬にして洪水で埋まってしまったという。また、福山の西にある尾道《おのみち》は出雲とつながる雲石《うんせき》街道の拠点であり、しかも西廻航路の寄港でもあった。この尾道にも郷土料理としてうずみがある。

ついでだが、マムシというのは、おそらくウナギをまん中に入れて、ご飯の温かみで蒸し上げることから付けた名前ではないかと思われる。

大阪のウナギは、開いたものを白焼きにしたあと蒸さないで、いきなりタレを付けて焼き上げてしまう。関東風の場合は、白焼きを蒸すから、ウナギのかば焼きはふっくらしている。ところが、じか焼きだと、このふっくらした感じが少ないのである。これをふっくらさせるためには蒸せばよいが、蒸すと油が落ちてあっさりするが、コクがなくなる。そこで、途中でウナギを蒸すかわりに、かば焼きとして仕上がったものを、熱いご飯の間にはさんで蒸したのではないだろうか。こうすれば、コクは逃げずにウナギを蒸してふっくらさせることができる。

ついでだが、大阪のウナギ店には「いずも」という屋号がかつては大へん多かった。これも何か「出雲」とのつながりがあるのではないかと感じさせられる。

『食味往来』より　抜粋

解説

地域の食文化は、近年、地域経済を盛り上げ観光客を集める手段として注目され、その土地の個性として珍重されています。しかし、食とは決してある地域だけに単独で存在するものではなく、他の地域や文化要素との交流やコミュニケーションの中で育まれ、息づいているものでもあります。

河野友美の「広島と島根でつながる〝うずみ〟」は、そのことに気づかせてくれます。

「うずみ」とは、「ごはんで具をうずめる」料理です。瀬戸内や福山で郷土食として売り出されている「うずみ」は、つながりを丁寧に辿《たど》っていくと山陰や四国にも見つけ出すことができます。「いまの広島市は、明治以降に大きくなったところで、昔の文化ルートはおそらく、さきにあげた広島県東部にあり、これが瀬戸内海の島々を経て愛媛に行ったもののようである」と河野はその伝搬《でんぱん》ルートを推測します。

そして、同じ広島の中でも東部と市の中心部では、食文化のルートに違いがあることも併《あわ》せて指摘します。たとえば広く知られる広島菜は「京都から持ってきたスグキ菜の一種である。つまり都とのつながりが大きく、広島県の東部と少し様子がちがうと考えることができる」といいます。人が動くと、そのルートに乗って食が伝わっていきます。「広島と島根でつながる〝うずみ〟」が収録されている『食味往来』は、他にもコンブの道、黒潮の道など食物が伝わってきたルートを細かく調査し、各地の食文化の伝承に光をあてています。

河野は「文化は食べることから始まる」という名言で知られる食品研究家です。食品を種類ごとに分けて分析する食品学、栄養学、食文化と嗜好の関係についても研究していました。味を科学の視点から分析するだけでなく、文化として捉《とら》えていた河野は、「おいしさ」が生活の変化によって変わっていくことを指摘しています。

『食味往来』は、伝統的な食生活が失われゆく昨今、日本の食文化について広い視野から考えるきっかけを与えてくれる作品です。広島の「うずみ」についても、重層的な視点から味わうことを教えてくれています。

河野友美

（こうの　ともみ）1929～1999

兵庫県宝塚市生まれの食品研究家。関西学院大学理工専門部食品化学科卒業。1963年、河野食品研究所を設立。所長を務め、食品学、栄養学を中心に、食を通じての生活文化、嗜好学を研究。1968年には大阪薫英女子短期大学教授になる。著書に『たべものと日本人』『味のしくみ』などがある。

『食味往来』
中公文庫／1990年

瀬戸内海はカキにママカリ

檀一雄

広島は、何と云ったって「カキ」である。

カキは一体どうして喰べたらうまいだろう、などと思いわずろうことなどまったくないほど完全な地上の(いや海中の?)珍味であって、アイツは、ただコツコツと殻の一部を叩きこわし、そこに金梃子《かなてこ》をさし入れて蓋をはずし、レモンを少々しぼり入れ、液汁もろとも、口のなかに啜り込めばそれで終る。そのまろい舌ざわりも、甘味も、贅沢なほどの複雑なイキモノの味わいも、そこに尽きる。

ウニだってそうだ。ウニのトゲの殻を、帯鋸《おびのこ》か何かで、うまく輪切りにし、そこの中へレモンをしぼり、殻の中の液汁もろとも、口中に啜り込めば、人間、雑食の仕合せは、舌端からうずまき起ってくるのである。

ただ、日本人ほどの、食通人種が、カキもウニも、ムキ身にしてからでないと、喰べなくなってしまったと云うのは、何とも情ないことである。

今からでも遅くない。ムキ身のカキやウニなど一切買わず、殻ごと自分の家に持って帰って、自分で割って喰べる習性を身につけたいものだ。

パリで何が嬉しかったと云って、街頭に、「殻ごとのカキ」があり、「殻ごとのウニ」があり、その側にレモンが置いてあって、これを買えば、立所に割って、レモンをしぼり込みながら、立喰いが出来ることであった。

広島のカキは平べったいパリのブロン種とはかなり違った味だ。どちらかと云えば、青洟《あおばな》を垂らしたようなエクレール種に近い。

しかし、やっぱり、カキは殻ごと買ってきて、自分で割り、レモンで啜り込むのが一番だから、日本人も早くこの完全な喰べ方の習慣を身につけたいものだ。

そうは云っても、「サカムシ」もうまい。「ドテ鍋」もうまい。「カキフライ」もうまい。煮ても、焼いても、揚げても、叩いても、カキは依然としてうまいから、どうもカキに対しては、みんな加虐症の気味がある。

が、本来のカキの味は、本来のカキの姿のまま、数滴のレモンで足りるのだから、余り無駄な労力は使わない方がいいだろう。酢ガキの喰べ方を知っている日本人が、どうして、カキを割って売買する習慣になってしまったのか、まったく腑《ふ》に落ちない。

どうせ加工してしまうなら、いっそ中国並に、「カキ油」でも作って、さまざまの調味に活用してみたら、いかがだろう。

まったくの話、カキは広島湾をはじめ、松島湾や、有明海などに、うんざりするほど豊富に養殖されていて、私達はそのほんとうの価値に目覚めていないのかもわからない。

広島の市中を六つに分流して広島湾にそそいでいる太田川は、日本の大都市のなかで、たった一つ、ここだけ、まったく清流の名にふさわしい澄明さで流れている。

平和大橋のたもとに立つと、折から夕映えの空が、太田川に照り映えて、にわかな食欲を誘うほどの清らかさだ。

そこで目の前の「カキ船」に押しかけてみたが、先約で一杯で、坐るところがないと云っている。京橋川に沿ったあたり、昔なつかしい一膳メシ屋が軒並みに店を連ねていて、どこに入り込んでも、よさそうに思われたが、同行のF君が、

「もう少しマシなところに入りましょうよ」

ようやく、立町、中ノ棚の「酔心」に上がり込んだ。「酔心」なら酒だけは間違いがない筈だ。大変繁昌のようである。家族連れの人達が立って順番を待っている。

やっとのことで、その順番が私達に廻ってきた。

お通しが通される。芹と、葱《ねぎ》の千切りと、竹ノ子と、魚の皮を、玉子で和えてある。さて、その「酔心」を二、三杯口にふくんで、ようやく人心地がついた。うまい酒だ。

あとはカキである。「モダン・ガキ」と云うのがあったから、こころみに頼んでみたら、殻付のカキであった。トサカノリとワカメが敷いてあり、酢味噌とマヨネーズらしいものが、添えてあったが、私はレモンと塩を貰《もら》い受けて、カキを啜《すす》る。うまい。どうころがしてみたって、そのカキと酒がうまいのである。

そこで調子にのって、「フグ肝」と云うのを喰う。「海藻の前菜」と云うのも喰う。ツノマタやトサカノリやウドやモズクやコモチワカメに、ナマウニが添えてあったが、コモチワカメとは、きっとカナダあたりからの輸入品だろう。それでも、胡麻酢味噌のタレをつけて、大満悦である。

酒がうまいからだ。

「オコゼ」の煮付を喰った。オコゼのカラ揚げも喰った。オコゼと云う奇っ怪な魚は、刺身にして、その皮の湯ビキしたのと一緒に、フグ作りにして喰べてうまいし、味噌汁にしてうまいし、雑煮にしてうまいし、どうも目の仇《かたき》のように、オコゼと聞くと、何でも喰ってみたくなる。

しかし、今夜はとうとう喰べきれずに、そのオコゼの煮付と、カラ揚げを、折りづめにして帰ったままではよかったが、悪くならないように、ホテルのガラス窓の外に出しておいたのが大失敗であった。

翌朝、チェック・アウトした時に、すっかり忘れて、ホテルの窓外に置いたままにしてしまった。

さて、厳島《いつくしま》の帰り途に、競艇場の前の一膳メシ屋に入り込み、ビールのサカナにして喰べてみた「アブラメ」や、「メバル」などの煮付だが、魚の頰っペタの肉片までが、しっかりとした生体反応をでも呈《てい》しているようで、たしかな魚の手応えのある味がした。その時喰べた、「モガイ」と一緒に忘れられないことである。

たまたま、同じ店に腰をおろして、穴子の煮付をとりながら、弁当をすました行商人らし

い お婆さんが、

「ヤレ、御馳走様！」

と腰を叩き叩き出ていったが、たったそれだけの風情さえ、私など、久しく見馴れなかった世界に戻ったようななつかしさであった。

尾道の千光寺山《せんこうじやま》から見廻す眺望が、すっかり変った。もっとも、もう何十年ぶりか、自分でも見当がつかないくらいの再来だから、むしろ変りようが少ないと云える方かもわからない。

波止場《はとば》近く並んでいる魚屋の店頭を覗き込んで、私はすっかり逆上してしまい、目の仇のオコゼを買い、ママカリを買い、シャコを買い、今度は乾物屋に廻って、デベラガレイを二束買い、まるで弁慶が七つ道具を背負った以上の恰好になった。

尾道みたいな町では、とりたててどこの店、どこの食堂などと云うことはないだろう。新しい魚だったら、その本当の味を殺しさえしなかったら、うまいのが道理なのである。

内海の魚に食傷気味の私は、久方ぶりに「朱」と云うラーメン屋に入り込んでいって、ラーメンを喰い、そのうまさにびっくりした。

尾道では、「暁」と云う、世界万国の洋酒を寄せ集めた居酒屋と、この「朱」と云うラーメン屋に、おそれ入ったようなものだ。
東京に帰りついてみると、尾道のシャコがまだザワザワと生きており、オコゼとママカリの籠《かご》を開いて、にわか調理士は、庖丁を握りながら大イソガシになった。

『美味放浪記』より　抜粋

解説

広島県では、カキの季節が訪れると各地で「カキ祭り」が開催されて賑わいます。

広島名物となったカキは、古くは縄文時代から食べられていました。縄文・弥生時代の貝塚から、カキの殻が見つかっています。カキの養殖が行われたのは室町時代の終わり頃といいます。養殖方法も、大正時代の終わりには垂下養殖法がはじまりました。戦後に沖合いが利用できるようになると、養殖法が発展し、養殖場も広島湾から周辺海域へと広がっていきました。

広島湾をふくめた瀬戸内海の海には、カキを育ててくれるプランクトンが豊富です。周囲の山々に広がる広葉樹の落ち葉が腐葉土となり、そこから雨水がプランクトンの栄養素となる有機質を海に運ぶからです。島々に囲まれた広島湾は波が穏やかで筏《いかだ》が壊れにくく栄養素が豊かで、カキの養殖に最適です。梅雨から夏ごろには、川の流れが海水に塩分濃度の層をつくり、少し薄い海水を好むカキの成長を助けています。

カキは2枚貝で、アサリやハマグリと同じ構造です。旬は1月から2月頃までで、その時期になるとカキの体内に美味しさの元となるグリコーゲンが大量に蓄えられます。代表的な酢ガキ、土手鍋、カキの殻焼き、カキフライなどはどれも冬の料理です。

「瀬戸内海はカキにママカリ」は、放浪の作家ともいわれた檀一雄が、日本各地と世界を巡った『美味放浪記』の中の一編です。『美味放浪記』は前半が国内篇、後半が海外篇という構成で、檀一雄が味わった料理と自らが腕を振るった食材について記したエッセイです。料理店を巡ったり、世界各地でその土地の人々が日常的に食べている美味を次々に紹介したりしています。抜粋部分に登場する料理店は、休業中の店もありますが、いくつかは現在も営業しています。

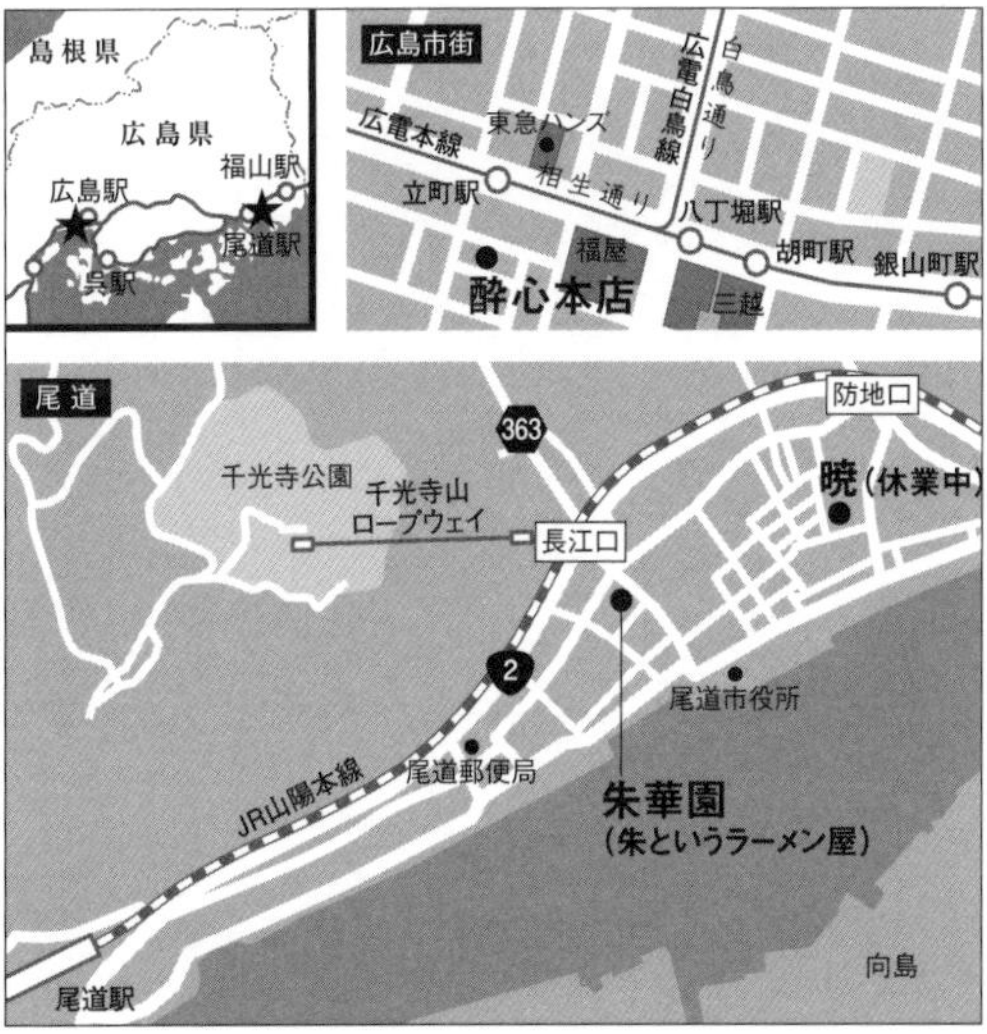

檀一雄

（だん　かずお）1912～1976

山梨県都留市生まれの小説家。東京大学卒業。大学在学中、同人雑誌『新人』に『此家の性格』を発表し、太宰治や坂口安吾らと文学活動をはじめる。1950年に『長恨歌』『真説石川五右衛門』で直木賞を受賞。長年に渡り『新潮』に連載された『火宅の人』では、読売文学賞、日本文学大賞を受賞した。

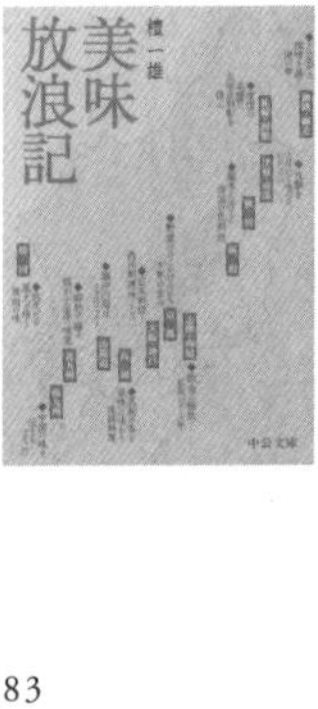

『美味放浪記』
中央公論新社／1976年

太田川

蝦《え び》獲り

原民喜

　馬車はK橋の方からやって来て、雄二の家から一町ばかり手前の菓子屋の角を曲ってゆく。その角のあたりを通る時には、トウ、テト、テトウ……と喇叭《らっぱ》が鳴った。雄二の家の前を通らないのは残念だったが、それでも雄二は兄とよく馬車の真似をして遊んだ。喇叭の響は雄二に勇《いさま》しく気持のいい夢想を抱かせた。雨が降っても馬車はびしょぬれになって走った。馬の背に白い煙があがり路の小石が清々しかった。夜遅く、女中に連れられて外へお使いに出たら、その時も馬車は走っていて、ピシリと薄闇に鞭《むち》が鳴った。雄二は外から家へ帰る時には、走って、トウ、テト、テトウ――と喇叭の真似をするのだった。しかし、その馬車は、何処から何処へ行くのやら、雄二はまだ一度も乗ったことがなかったので知らなかった。

　雄二は兄の大吉に秘術を打明けてみた。眼を閉じて、何でもいいから見たいと思うもののことを考えると、すぐその見たいものの形が浮んで来ると云うことである。が、大吉は前からそのことは知っていたので雄二は一寸《ちょっと》驚いた。それからはこの秘術を一そう頻繁に用いた。掌の上に顔を置いて眼を閉じると、始めは何だか灰色の球のようなものがいくつもぐるぐると浮んで来る。そのうちに赤い塊《かたま》りが一寸現われて、暗闇になる。カードのことを想うと、あの絵ハガキ屋で売っている、草花や鳥の形をした奇麗な形が出て来る。馬車のことを想うと、眼隠しされた馬の首が出来て、箱は揺れながら走ってゆく。

手洗鉢の水に太陽が照りつけて、それが縁側の天井に反射するので、天井には四角な光が映っていた。微風で水に波が出来ると、忽ち天井の方も動き出すのだ。雄二は手洗鉢を杓でかきまわした。すると、もう茫とした大きな薄い光《かげ》が縦横に天井を走り、何のことだかわからない。が、やがて、段々形が縮まって光が濃くなる。そして、光はまだ頻《しき》りに足掻《あが》き廻っている。その不思議な馬車は到頭疲れて動かなくなる。

庫さんは雄二の家から四五町離れた家に棲んでいた。大将中将や、三角の袋を売っている子供屋の角を廻ると、そこの通りには一間《いっけん》幅の溝が流れている。大雨の時には鯉《こい》や鮒《ふな》などが流れて来ると云う話だが、何時《いつ》もは青い藻などが浮んでいて黒い水だ。溝につたって少し行くと、白い障子に達磨《だるま》の絵を墨で描いた家がある。何をする家なのか雄二にはわからなかったが、達磨が通る人を睥《にら》んで威張っていた。そこから少し行って小路に入ると、庫さんの家だ。庫さんの姿を見ると雄二は吻《ほっ》として、庫さんの手にもつれつく。すると兄の大吉も負けずに庫さんの手にからみつく。両方からひっぱられても庫さんはびくともしない。

庫さんの家は前に一度焼けた。その時は藁屋根だったので火の粉が雄二の家の庭までも飛んで来て、明るかったそうだ。雄二はよく睡《ねむ》っていて火事を知らなかった。

庫さんと云うのは何故庫さんと云うのか、雄二には飲込めなかった。雄二達が少し位無茶しても庫さんは怒らないから、それで庫さんかとも思った。

ある日、庫さんは大吉と雄二を連れて蝦を獲りに連れて行って呉れた。

三人が家を出た時、陽はK橋の方の空から照っていた。雄二は庫さんの手にぶらさがりながら、近所の子供の前を通る時得意であった。今日は急に自分が偉くなったようで少し眩《まぶ》しかった。大吉は網を提げて先にとっととと歩いた。角の菓子屋の前で三人は立留まった。間もなく雄二はもう大分家を離れたような気がし出した。すると、トウ、テト、テトウ……と喇叭の響きがして、馬車がそこへ留まり、馬車の後方に乗っている若い洋服の男がひらりと飛降りて、ドアを開けた。兄が一番に乗り、それから庫さんは雄二を抱えて乗った。箱のなかは薄暗く、腰掛は狭《せ》まかった。雄二は嬉しく怖く淋しかったが、すぐに馬車は動き出した。砂利に車輪が軋《きし》む音がして、車は揺れた。窓から射込む光線で、低い天井から塵《ちり》がこぼれていた。やがて蹄の音もかつかつとして速力は増して来た。庫さんは窓を少し開けて二人を覗《のぞ》かせた。家々が目の前を通過して行く。その家の奥は薄暗いが、道路は赫と明るい光線なのだ。風が頬にあたり、樹木が屋根の方から現れる。窓のすぐ側を燕がやって来て、衝突しそうになったので、雄二はびっくりした。が、燕は下へ落ちると、地面とすれすれになって、忽《たちま》ち遠方へ翻《ひるがえ》って行った。急に速力が緩《ゆる》くなり馬車は留まった。すると、老人が一人乗込んで来た。また、喇叭が鳴って馬車は走り出した。馬車は片方に溝の流れている広い道路へ出ていた。溝の泥がピカピカ光った。何処かの物干棚には白いシャツが一杯吊ってあるので、それがひらひら風に揺れていた。小さな犬が路傍にぼんやり立って、雄二の馬車を見送った。雄二は得意になって、汗ばんだ掌をしっかり握り締めていた。何時の間にか馬車は街はずれに来ていた。堤のところで停まった。庫さんはそこで二人を降ろした。馬車は三人をおいて、走り去ってしまった。

堤の入口には大きな樹が聳《そび》えていて、その側にはまた大きな黒い倉庫があった。堤の石段を登ると、川が見えた。庫さんは雄二の手をひいて堤を歩いた。何処まで行っても堤は続いているように思えた。低い方の地面には畑や家の屋根が見えた。砂埃《すなぼこり》が歩く度にあがり、下駄が埃まみれになった。随分長い間そうして歩きつづけたので、雄二はあくびが出て気持がぼんやりして来た。ところが、いよいよ三人は目的地へ来た。工兵隊の兵舎を過ぎると、川へ降りる石段があって、雁木には舟が二三艘つないだままになっていた。庫さんはその舟へ雄二を乗せた。大吉と庫さんは跣《はだし》になって水に浸った。雄二が乗っている舟は繋《つな》いであるのに、下を見ると流れて行くような気がした。底まで透き徹る水で、底には真白な砂があり、それに舟の影が映っていた。低い枳殻垣《きこくがき》のむこうでは兵隊が体操をしていた。向う岸は樹木が濃く繁り、その上に白い雲が浮んでいたが、それらは絶えず流れて行くように思えた。もう雄二は珍しさに退屈しなかった。庫さんは、獲ったぞと笑って、雄二の舟へやって来た。懐《ふところ》からガラス壜《びん》を出すと、川の水を汲んで、それに掌のなかのものを移した。壜のなかでは小さな蝦がピンとして泳いだ。壜を雄二に渡すと、庫さんはまた獲りに行った。半分透き徹った身躰《からだ》をした、この小さな蝦は悠悠と進みながら壜のガラスに衝《つ》きあたっては、むきをかえた。蝦は細い髭《ひげ》を動かして頻りに不思議がっていた。その時兄の大吉が声をかけて舟に近寄って来た。その拍子に壜が揺れて、蝦がピンと飛出してしまった。あっと思ったらもう蝦は川に落ちていた。「馬鹿」と大吉は雄二を呶《ど》鳴りつけた。驚きと両方で、雄二は大声をあげて泣き出した。庫さんがかけつけて来た。「なに、蝦が逃げた、ほら、まだこんなに獲ってるのだから大丈夫だよ」そう云って、庫さんは腰の獲物を見せた。大吉はそれでも逃がしたことを不平がるし、雄二は急に家が恋しくなって泣いた。そのうちに大吉は気をかえて川の方へ行った。庫さんは舟に乗込んで暫《しばら》く雄二の側に坐っていた。雄二の涙は風ですっかり乾いた。

雄二達が家に帰ると、持って戻った蝦を母が串にさして焼いて呉《く》れた。蝦はみんな小さかったが、いい色に焦げておいしそうに匂った。

『定本 原民喜全集1』より

解説

「蝦獲り」は、広島市に生まれた詩人で小説家の原民喜が、戦争以前の広島について記した作品です。河口デルタ地帯に築かれた城下町・広島は、川と人々とが一体となって、町や暮らしを発展させてきました。

本作は、太田川で蝦を取っておやつにして食べた幼少の風景や、川とともに生きる人たちの姿など、川と結びついて生活していた「幸せだった過去の現実」をいきいきと切り取ったエッセイ風の作品です。詩人としての繊細な感覚と感性が、文章の隅々に現れています。

原民喜は、原爆体験を描いた作品で広く知られています。一九四七年、被災体験のメモをもとに終戦後一早く発表された『夏の花』は、原の代表作として高い評価を集めて第一回水上滝太郎賞を受賞しました。戦後に執筆された作品は、ある種の暗さを纏《まと》っていますが、それは悲惨な原爆体験によって原民喜が素朴に喜んだり笑ったり泣いたりする人生を送れなくなってしまった証左《しょうさ》なのかも知れません。

戦前と戦後で作風が変わったという意味で、原民喜は原爆投下によって人生を左右されてしまった作家です。極限の地獄の光景を体験することによって生じた深い傷は、心と身体を修復不可能なところまで追い込んでしまったのでした。

原民喜の過去への眼差しは、子どもの時代の単なる懐かしい思い出話に留まりません。町を行く馬車の喇叭の「トウ、テト、テトウ」という音、雁木につながれた舟、底まで透きとおる水、真っ白な砂……細やかに、具体的に描写される過去の風景を通して、戦争で失われたものの大きさを実感することができます。

ちなみに、日本のスナック菓子の元祖「かっぱえびせん」の起源は、太田川流域の人たちがおやつに食べていた蝦のかき揚げだそうです。その美味しさをカルビーの創業者が商品化したところ、国民的な人気になりました。広島の幸せな郷土の味は、今もその痕跡をスナック菓子に留めています。

原民喜
（はら　たみき）1905～1951

広島県広島市生まれの小説家・詩人・俳人。慶應義塾大学卒業。30歳前後のときに、積極的な創作活動により、多くの短編小説を発表する。1945年、広島に疎開した際に被爆。戦後には『夏の花』など自身の被爆体験を描いた作品を発表。1951年、鉄道自殺を図り45歳でこの世を去る。

『定本 原民喜全集 I』
青土社／1978年

広島〝橋づくし〟

桂芳久

一、橋のある心象風景

現在、デルタの街に橋がいくつあるのか、私は知らない。太田川の三角州に発達した広島は、東西を結ぶ交通路には橋がたくさんかかっていた。

戦後の都市開発で、数も多く、構造も大きい橋が新設されている。だが、これから六回のこのシリーズでは、戦中の私が中学生であったころの橋にまつわる思い出を書いてみたい。思い出というより、私の「橋のある心象風景」である。

（中略）

二、住吉橋

昭和十八年ころ、祖母が舟入川口町に小さな家を借りて、郷里から私と一緒に出て住んでいた。江波《えば》行きのバスで一軒茶屋の停留所でおり、市女《いちじょ》（市立高女）の正門前をとおって、蓮田の多い道を県商の方へ行ったところであった。私たちの年代のものは、いまもって県立広島商業を広商というより、県商という呼びかたに愛着を感じる。やはり県工であり、県女であり、明治時代でいえば、一中も県中である。

一軒茶屋は文字どおり土手に一軒だけの茶屋があって、〈氷〉の旗が川風にゆらめき、客の姿もあまりない店先に一匹の日本猿がつながれていて、バスをおりた人を、体の毛をむしりながら見送っていた。

一軒茶屋の少し川下のところに、渡しがあった。向う岸の吉島刑務所の高いコンクリート壁のなかば辺りが舟着き場であった。渡し舟が対岸にいるときは、こちら側から「オーイ」と叫んで、手を振って合図した。

たしか舟賃は五銭だったと思う。十数人しか乗れない舟を、船頭さんは棹《さお》と櫓《ろ》でゆっくり澄んだ水を漕いで行くのだった。昭和十年代の市内の渡しの風物詩である。

当時の中学生は市電やバスの乗車が禁止されていたので、市役所近くの中学校まで歩いて行かねばならなかった。しかも単独登校は許されなくて、一定の地域のものが集合地点に集まって、集団登下校するのであった。敵機空襲にそなえてと、上級生の監督による不良化の防止だったのだろう。

私たちの集合地点は住吉橋の西側のたもとであった。教科書などを包んだ黒風呂敷を左脇下にかかえた三十名くらいが七時にあつまり、二列縦隊で一年生が先頭になって、五年生が最後尾で行進した。

住吉橋の上流に住吉神社があった。私は『伊勢物語』六十八段を習っていた。「むかし、男、和泉の国へいきけり。住吉の郡《こおり》、住吉の里、住吉の浜をゆくに、いとおもしろければ、おりゐつつゆく……」

住吉神社は水の精霊を祀り、住江《スミノエ》の神は海上安全の守護神である。

あの日、焼かれ傷ついた多くの人々が、この辺りを水を求めてさ迷ったはずである。

三、明治橋

住吉橋をわたると、やはり水と縁のある町名・水主《かこ》町を過ぎ、元安《もとやす》川にかかる明治橋に至る。住吉、明治の両橋は、朝夕の登下校のために、私は毎日二度わたっていた。

だが、この通学ルートが変わるときがきた。しだいに戦火が本土に迫ってくるので、祖母は中国山地の毛利の城下町に引き揚げ、私は八丁堀に住む叔父の家にあずけられた。叔父の家は白島《はくしま》線が歩兵第十一連隊(当時は西部二部隊と改称していたが)の裏門の近くで、市電が急カーブに右へ回る場所であった。電車の車輪のきしみが二階の私の部屋にひびいたし、それよりも兵隊が高らかに歩調をとって道路を踏み鳴らす音が一日中きこえた。

昭和十九年六月になると率先垂範《そっせんすいはん》の名のもとに、どの学校より先んじて私たちの中学に学徒勤労動員がくだり、南観音町の埋立地にある旭兵器という海軍の兵器製作工場に通勤するようになった。(公令は八月下旬で、他校は九月に動員された。)

それで、明治橋を渡る機会はほとんど失われていたが、敗戦の年の初夏が訪れてきたころ、ふたたび明治橋に近づきはじめるようになった。

それというのも、十日市から江波線の電車でかよいはじめて、私たちのなかで、ひとりの女学生が話題になりだしたのである。その女学生だけは、女性が黒っぽいモンペ姿一色のときに、昔ながらの白いセーラー服の上衣を着ている。しかも、後ろの白襟の左下にK・Uというイニシャルをつけていた。敵国の文字として排撃されたアルファベットなのに。

その女学生の存在はまぶしいほど鮮烈なもので、本来の意味での〈あくがれ・憧れ〉だった。

「(何かにさそわれて)心がからだから抜け出てゆく。宙にさまよう」(『岩波古語辞典』)

ふらふらと彼女の姿を追ったとしても、不良中学生とはいえなかっただろう。なぜなら、私たちは彼女に言葉一つかけたこともないし、ましてや恋文を送るような勇気もなかった。彼女の家が明治橋の近くの川端にあることは知れわたっていた。私たちは工場の帰り道に、わざわざ遠回りして明治橋へ行き、欄干《らんかん》にもたれて、なんとなく彼女の姿が現れないものかと胸をときめかしていた。

ある少年たちが初めて抱いたあくがれの女だった。

四、御幸橋

水曜日は私にとって、まったく気のめいる日であった。現在の用語でいえば、登校拒否したいほどの日だった。その理由、原因は明白なのである。それは、水曜日の午後に中学の全校生徒による「集団駆け足」(マラソンという外国語の使用は禁止されていた)が行われるからである。

まず一年生の二百五十人が、いっせいに運動場を出発し、五分おきに二年生、三年生の順に走りだし、恐怖の存在(!?)である風紀員のいる五年生がしんがりをつとめる。襟に桜の徽《き》章《しょう》をつけた風紀員は、学業が優秀で、かつ蹴球《しゅうきゅう》部や剣道、柔道部などの主将か副主将級で、ほとんどが陸士、海兵の合格は確実な人々であった。

集団駆け足の道順は千田《せんだ》小学校の前を堀に沿って南下し、文理科大の運動場を左にみながら御幸《みゆき》橋の西端に出る。それから御幸橋をわたると専売局の角をまわって、こんどは京橋川の土手を上流にむけて逆行するのであった。私が御幸橋にやっととたどり着いた時には、もう先頭は遥かな比治山《ひじやま》橋のあたりを走っていた。落伍しそうになる私たち少数を、最後尾の風紀員が大声で叱咤激励するのだが、牛追いのようにも思われるのだった。大学グラウンドの近くに県女の寄宿舎があったが、そこでは風紀員がことさら目立つように気合をかける。

同級生のSはいつも十番以内の健脚で、数学が得意だった。私たちが三年生のとき、海軍兵学校が予科制度をもうけて受験できるようになった。海兵最後の七十八期生となった予科兵に同学年から四十名近く合格したのだから、Sも受験していれば軽く入学していたであろう。「ぼくは軍艦より商船に乗りたいんだよ。海軍士官じゃなくってマドロスになりたいんだ」と『モンテカルロの一夜』を口笛で吹いていたSは私に言った。だが彼の望みは果たせなかった。八月六日、十六歳で爆死した。

私は今でもふと高等商船学校学生歌「白菊の歌」を口ずさむ。「紅顔可憐の美少年が／商船学校の校内の／練習船のメンマスト／トップの上に立ちあがり……」。

Sはいつまでも十六歳の少年の姿のままである。

五、工兵橋

市内の最も北端になる橋が、市内の数ある橋のなかで、ただ一つ軍都らしい橋の名前、工兵橋《こうへい》であった。

太田川が最初に分流する白島の北地区に工兵第五連隊の兵舎があり、そのすぐそばから牛田《うした》側に吊橋がかかっている。工兵橋だった。吊橋であるのも市内で唯一であっただろう。牛田は広島市の離れ屋のような感じの土地だったから、工兵橋まで行くときは弁当を持参しなければならないように思いがちだった。

しかし、必ずしも遠方だからというよりは、その近くに桜の名所の長寿園があるからである。西の横川駅につらなる太田川の鉄橋の辺りから桜並木が堤防ぞいにつづいていた。四月、長寿園の桜の花びらは川面に散り、市内の七つの川を流れ飾った。

土手で弁当をたべている午下り《ひるさが》のころ、いつも鉄橋を特別急行列車「富士」が通過した。客車の最後に展望車を連結していて、その姿は優美で威厳をもっていた。いつの日か私も特急の展望車に乗って東京へ行くことを夢みていた。

夢は夢だけに終わってしまった。戦いに敗れ、車体に白線のはいった一等車は占領軍の専用になり、紅蓮《ぐれん》の炎に崩れ消えた街を威圧して疾走した。

Ｙの家は工兵橋と長寿園の土手まで、ほぼ等距離にあったが、原爆の爆風で屋根の南側が吹き飛ばされていた。それでも全焼をまぬがれたのだから幸運というべきだった。彼の長兄は帝大の文学部の学生なので、家には小説や詩集が傾いた本棚にかなりあった。それらの文学書は、敗戦まで私たちの中学では禁断の書であった。

まだ異臭がただよう焼け野原に初めての春が訪れようとしていたある日、焼け残った寒々とした桜並木を見わたしながら、Ｙは一冊の本を棚から取り出して突然読みはじめた。

「桜の樹の下には屍体《したい》が埋まつてゐる！　これは信じていいことなんだよ。何故つて、桜の花があんなにも見事に咲くなんて信じられないことぢやないか。」

私はそのとき初めて梶井基次郎を知った。

六、昭和大橋

昭和大橋は、戦争末期に完成したもので、原爆投下以前の広島で、いちばん新しい橋である。天満川《てんまがわ》の下流にかけられた木の橋であったが、海に近いので長さは百メートル近くあった。

南観音町の埋立地にある旭兵器製作所に勤労動員された私たちは、昭和大橋をわたって通いはじめた。十日市からの十二間《けん》道路に敷設された市電は、舟入本町《ふないりほんまち》から南へ延びて江波が終点となった。まっすぐ行けば射的場《しゃてきじょう》で人家はまばらにしかなかったが、数百メートル先に県商の近代的な校舎が聳《そび》えていた。鉄筋コンクリート建ての中等学校の校舎は市内で県商だけであった。

そのために校舎は陸軍にとられ、兵器学校に転用されていた。校舎に比して古めかしい青雲寮という木造の寄宿舎には少年兵が生活していた。正門先の道を西へ行くと製缶工場があり、土手をのぼると昭和大橋であった。風雨のときは河口の長い橋をわたるのが一苦労で、横なぐりの風に傘はさせなかった。旭兵器は南観音町側の天満川沿いの堤の上を海に向かって歩き、川向うに江波山の測候所が見わたせる場所にあった。高い堤防からおりて行く低い埋立地であるが、のちに原爆の爆風を堤防がかなりふせいでくれる結果となった。

私はときどき県商のグラウンドを見にいった。かつてそこは中等学校野球の檜《ひのき》舞台であった。夏草が生い茂ってしまった人影のないグラウンドから、若人《わこうど》の声援や応援歌が幻聴のように湧き起ってくるのだった。

「いざや打てや、エッピントン……」といった、意味がわからないが、力強い県商の応援歌の一つがよみがえったりする。この応援歌の曲は英国国歌であったが、戦時中これにまつわるエピソードがまことしやかに伝わっていた。野球試合が禁止される直前、応援団がこれを歌いだすと、憲兵がすっ飛んでいって、応援団長の胸ぐらをつかんで、「鬼畜英国の国歌をうたうとは国賊だ！」と叫んだ。すると団長は、「えッ？ それは知らんかった。イギリスが県商のをマネたんじゃないですかのう」と応じた。

現在の高校の応援がどこもコンバットマーチとかを画一《かくいつ》的にやっているのとは次元の違う時代だったのである。

『広島〝橋づくし〟』より

解説

「広島〝橋づくし〟」は、桂芳久が故郷の広島を舞台に記した随想です。

広島は、太田川の下流域に広がる三角州にあります。この広島デルタは、中世から活発になった、たたら製鉄による土砂が川に運ばれて造られたといいます。江戸時代に干拓事業がはじまり、大戦後の昭和を迎えると広島港開発が進むなど、埋立てによって川の河口は沖合へ伸びていきました。

多くの川が流れている広島デルタには、あちこちに橋が架かっています。橋は、水の上を横切って渡る交通上の機能から架けられていますが、それだけではありません。桂は日本人の心と結びついた橋について「広島〝橋づくし〟」に「天上と地上とをむすぶ神の通路である。天《あま》の橋立《はしだて》のように。また水をへだてた異界へ霊魂が渡ってゆくものであった」と記しています。広島の橋がただの橋ではなく「悲惨な死をとげた人々の霊魂がつどう「ハシ」の多いところ」でもあったと語っています。

厳しい批評を旨《むね》としていた三島由紀夫ですが、桂について「小説そのものが社会現象化しつつある現代において、本当の仕事部屋、孤独な仕事部屋で書かれた小説であり、若くて頑固な精神が、丹念に時間をかけて成した不恰好な真珠である。不恰好でも、とにかく真珠だ」と小説作品の帯に寄せました。

「広島〝橋づくし〟」は、広島の戦時中〜戦後の情景を描き出していますが、この随筆の背景には、三島由紀夫へのトリビュートも隠れています。

三島由起夫は『橋づくし』を、一九五六年『文藝春秋』に発表しています。東京の築地を舞台にした短編小説で、月の光に照らされた深夜に、花柳界の四人がそれぞれの「願いごと」を胸に七つの橋を無言で渡っていく物語です。桂はこの三島版『橋づくし』の舞台を出身地である広島に変えて、随想「広島〝橋づくし〟」を書いたのでした。

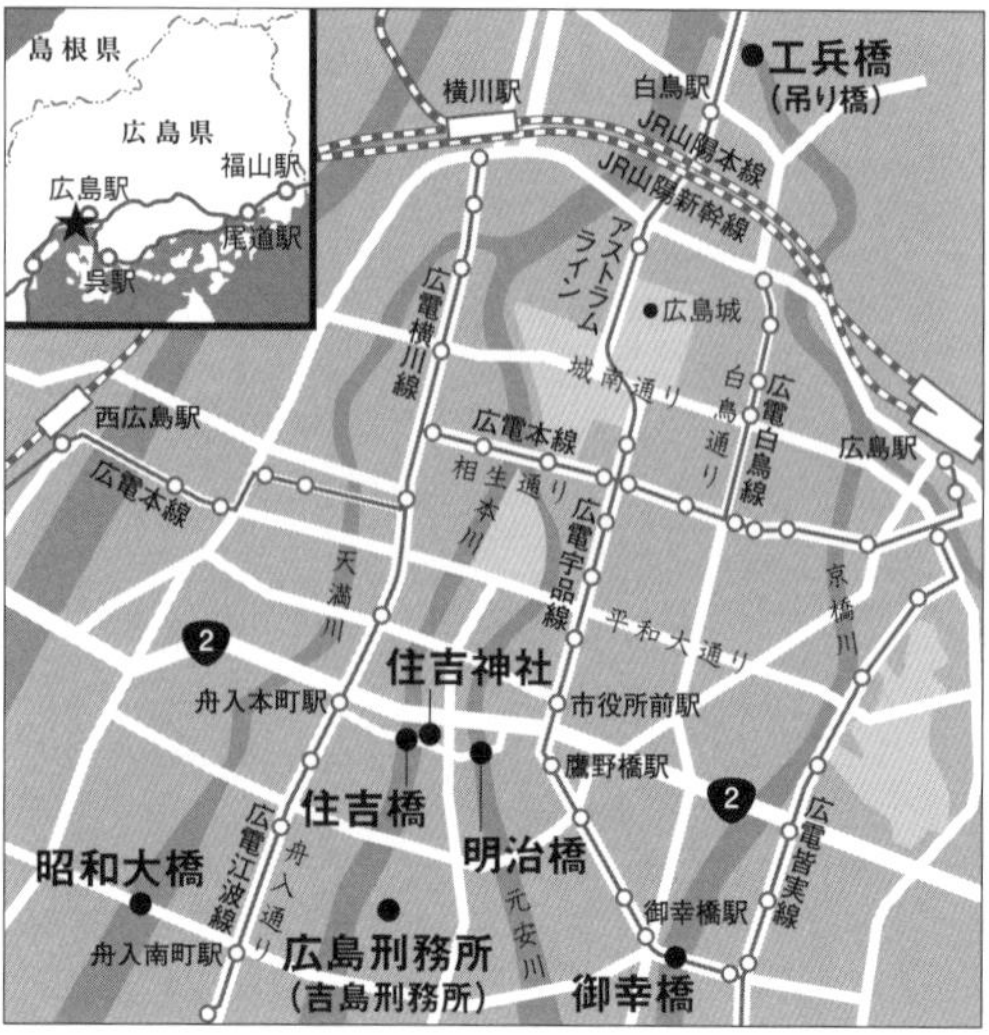

桂芳久

(かつら　よしひさ) 1929〜2005

現在の広島県安芸高田市生まれの小説家。慶應義塾大学卒業。1954年に第3次『三田文学』を復刊し、編集担当として多くの作家を育てた。自身も三島由紀夫の推薦で講談社『群像』に「刺草の蔭に」を発表する。ほか「海鳴りの遠くより」「火と碑」なども発表。北里大学の教授や三田文学会理事を務めた。

『誄《しのびごと》』
北冬舎／2001年

山寺の和尚さん

内田百閒

山寺の、和尚さんは
鞠《まり》は蹴《け》りたし鞠は無し
猫を紙袋《かんぶくろ》に押し込んで
ポンと蹴りやニヤンと鳴く

ところが、私がポンと蹴ってもニャンとは鳴かなかった。中中《なかなか》歌の拍子《ひょうし》のはずみ通りに行くものではない。

広島に原子爆弾が落とされてから二三日後に、長崎へも同じく原子爆弾が落とされた。次の三度目は東京だと云う噂が専《もっぱ》らであった。

広島被爆の後、当時の大阪朝日新聞に大本営の或る中佐の言が載《の》った。ナニあの程度の事は大して問題とする程でもない。米国がそう云う爆弾を持っている事は、我が方でもすでに知っていたし、その性能は解明ずみである。

その記事が東京朝日新聞に転録されたので、私共は初めて大本営の中佐の言を知った。東京は原子爆弾を受けていないので、広島の実情は想像出来なかったが、二三日後の各新聞に原子爆弾なるものの解説が載り、実情は中佐の云う如きものではない事を知った。中佐の言は遠吠《とおぼ》えのそら事であった。

怪《け》しからん事に、数年後進駐軍の占領下にあった当時、名前は忘れたが原子爆弾を投下した米国の操縦士がノメノメ日本へやって来て、見物して帰って行った。

生かして返す可《べ》きではなかった。日本には神も仏もなくなったのか。しかし、神様や仏様はお留守であろうとも、まだどこかに狐や狸や川うそのたぐいはいる筈である。明治の文明開化の余計なおせっかいで迷信打破が唱えられ、そのあおりを喰らって彼等は身の置き所もなく、影が薄くなった。

しかしながら、骨ばかりの骸骨になった広島の産業会館が陰をひたす太田川の川隈《かわくま》には、川うそがいるだろう。何をしているのか。その操縦士に取りつき、産業会館の玄関前の石段に残っている消えた人の黒い影に彼を抱きつかせてやれ。

（中略）

夜十一時過ぎ、横浜沖から侵入して来た一機のB29に肝を冷《ひ》やした後、何事もなく済んで二三日経《た》つと、いよいよ終戦と云う事になるらしかった。

八月十五日の正午、天皇陛下の玉音《ぎょくおん》放送があると云う。母屋《おもや》から聴きに来ないかと知らせてくれた。

ふだん着の台湾服をきちんとした背広に着かえ、家内と一緒に母屋の二階のラジオのある部屋へ上がって行った。家の人の外《ほか》に同居や門内の人も集まっている。

膝を正して玉音を聞いた。初めて聞く玉音である。お声は朗朗《ろうろう》としているけれど、神主さんが祝詞《のりと》を上げている様で、底の方から持ち上げて上へ持って行かれる。万代の平和を築く為にとか、戦地に在《あ》る将兵を思えば五体炸裂《さくれつ》するとか仰《おっ》しゃったお言葉は、ひしひしとこちらの耳に響き、滂沱《ぼうだ》たる涙が止《と》めどもなく流れた。はたにいる人人もみんな泣いている。終戦の詔勅《しょうちょく》は下りたけれど、空襲はまだ続いている。しかしそれも散発的で、今に静まるだろう。

戦前からの緊張を考えると長かった。その戦争も終った。食べる物もないし、塩もなし、憚《はばか》りもなし、戦争がすんでほっとしたが、同時にクサクサした気持の持って行き所がない。

クサクサしたから、猫を紙袋《かんぶくろ》に入れて蹴って見たい。

軍のお布令《ふれ》で、猫を放し飼いにしてはならぬ。必ず紐につないで置け、隣り組の回覧でそう云って来た。

犬じゃあるまいし。御無体《ごむたい》もいい加減に願いたい。金輪際《こんりんざい》そんな事が出来るものではない。

猫はしかし空襲の火事で沢山焼け死んだらしく、その後も塩やお米のない暮らしでは、飼っておくのは六《む》ずかしいから、あたりに猫を見受けなくなった。

焼け出された夜、片脇にかかえて持ち出した目白籠の目白も、小屋で私共と一緒に暮らしていたが、窓に目白籠を置いたなりにしても、猫がかかったと云う事は一度もない。猫もいない世の中に、山寺の和尚さんが猫を紙袋《かんぶくろ》に押し込むのは困難である。

しかしクサクサしたから、一息《ひといき》抜きたい。

近所の焼け跡に出来た飲み屋で、麦酒《ビール》を飲ませると云う。これ有るかな。焼酎、甲州産ブランデー、そろそろ濁《にご》りかけたお酒、そんな物より麦酒は有難い。

一夕、足取りも軽く出掛けた。

山寺の、和尚さんは
鞠《まり》は蹴りたし鞠はなし
猫を紙袋に押し込んで
ポンと蹴りやニヤンと鳴く

いい心持ちだな。夏の夕風は価《あた》い千金。その店へ行って見ると、まだ時刻が早いからお客はだれもいない。近所だから店の人とは顔見知りである。うんと飲まして貰おうと腰を据《す》えた。

間《ま》もなく、同じ晩に焼けた隣りの酒屋の主人が、秋田の「爛漫《らんまん》」の罎《びん》をさげて這入って来た。うまそうだが、しかし私には今晩は麦酒の方がいい。そちらでは店の主人を招待して「爛漫」の酒盛りを始める。

暫《しば》らくすると、後から青年が這入《はい》って来た。私の小屋の同じ門内にある家の若い者で、顔も知っている。矢張り麦酒を飲みに来たらしい。その時分私はお金には困っていない。戦火で焼けた著書の復刻が後から後から出て、印税が這入った。お金に糸目をつけず、お店にある麦酒は飲むつもりであるが、ただそんなに売ってくれるかどうかは心もとない。しかし若い衆を私が招待する位はいいだろう。

お飲みなさいと私が云った。その青年のおやじさんが九段坂の夜店で古本屋をしているのを手伝っていると云うのも私は知っている。君、しかし若い人は勉強しなければ駄目だよ、と云った。もとが学校の先生なので、若い者を見ればついそんな事を云う。はアと曖昧《あいまい》に答えたが、何の感銘もなかったらしい。それでも麦酒は大分行けた様である。

私の方は御機嫌で、紙袋《かんぶくろ》に押し込んだ猫入りの鞠を、ポンと蹴った様な気持になりかけたが、彼は御馳走さまでしたと挨拶して、私より先に帰って行った。

近所に大きな洋館建てのお屋敷がある。そこの家族の外《ほか》に、焼け出された大勢の罹災《りさい》した人人を同居させている。

何と云う間抜けだろう。猫を紙袋に入れたつもりで麦酒のおもてなしをした彼は、そのお屋敷へ泥棒に這入って、忽《たちま》ちつかまった。

つかまって調べられたところによると、彼はその以前すでに紙の売買に関連して不正があり、詐欺罪《さぎざい》で追窮されていると云う。

見そこなったと云う程懇意《こんい》ではないが、しかし困った事である。

猫を紙袋に押し込んで、の山寺の和尚さんたる者は面白くない。ラグビーの球を蹴った事はないが、想像するに、どちらも想像だが、紙袋の猫の足ざわりはそれに似た様なものだろう。どうせ想像ならば何も猫に限った事はない。狐を紙袋に押し込んでもよく、狸を詰め込んでも構わない。太田川の川隈《かわくま》の川うそなどは最《もっと》も工合《ぐあい》がよいかも知れない。足ざわりもそっくり。

但《ただ》し川うそは濡れているから、普通の紙袋では紙が破れてしまうだろう。そこは気をつけるさ。分別《ふんべつ》もあるよ。

ビニールの袋に河童《かっぱ》を押し込んで
ポンと蹴つたらガバと破れた
ガバ　ガバ　ガバ

『残夢三昧・日没閉門』より　抜粋

解説

太田川は冠山を源流に瀬戸内海へとそそぐ、全長一〇三キロメートルの一級河川で、アユ、アマゴなど八〇種ほどの魚がすんでいます。二〇一二年に絶滅種に指定されたニホンカワウソも、昔はすんでいました。

原爆ドームの脇を流れている太田川ですが、広島に原爆が投下された時には、熱で身体を焼かれた人々が水を求めて次々に飛び込み、水面に無数の死体が浮かんだといいます。

『山寺の和尚さん』で内田百閒は、太平洋戦争に対して独自の距離感と厳しい批評性を展開します。その口調は政治的な次元とは別な、人としての怒りや情けなさや実感を言葉にしたものでした。太田川の中にいる川うそにむかって「操縦士に取りつき」「石段に残っている（原爆で）消えた人の黒い影に彼を抱きつかせてやれ」と訴えます。こうした叫びは、既存の制度から心も体も自由だった百閒ゆえの迫力と言えるでしょう。

内田百閒は別号を百鬼園といい、岡山の酒造家に生まれ、東京帝国大学（現在の東京大学）文学科独逸《ドイツ》文学専攻へと進みます。夏目漱石の門下となり、鈴木三重吉、森田草平、芥川龍之介らと親交を深めました。卒業後、陸軍士官学校、海軍機関学校に続き、法政大学のドイツ語教授になります。その間に『冥途』『百鬼園随筆』などの作品を発表しました。一九三三年には、法政大学で発生した騒動を機に大学を辞職し、文筆生活へと入ります。

百閒は頑固で偏屈、わがままな性格で有名でした。自身を「官僚趣味」と公言し、位階勲等や規則秩序が好きだと語る一方で、芸術院会員推薦を辞退するなど制度的な枠組みの中に入ることを好まず、その「外」で自由を生きた人でした。

文章はシニカルでユーモラスですが、現実の暮らしにも茶目っ気のある逸話が数々残っています。自宅の茶室を「禁客寺《きんかくじ》」と名付け、「世の中に　人の来るこそ　うれしけれ　とはいうものの　お前ではなし」と貼り紙したのは有名です。酒や琴、汽車、美食へのこだわりも強く、『ノラや』をはじめ猫についての文章もたくさん残しました。

内田百閒

（うちだ　ひゃっけん）1889～1971

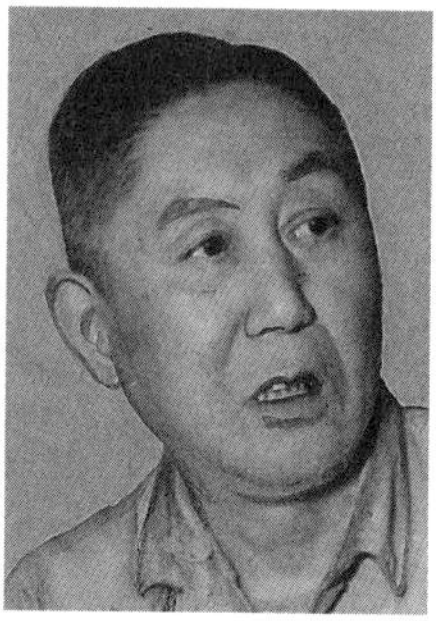

岡山県岡山市生まれの小説家・随筆家。別号・百鬼園。東京大学独文科卒業。夏目漱石門下の一員となり、芥川龍之介、鈴木三重吉、小宮豊隆、森田草平らと親交を結ぶ。猫が登場する作品が多く『贋作吾輩は猫である』『猫が口を利いた』などがある。その他『冥途』『百鬼園随筆』『阿房列車』などの作品を残した。

『残夢三昧・日没閉門』
旺文社文庫／1983年

言葉

おもいで

木下夕爾

山ぶどうをつんでいるうち
友だちにはぐれてしまった

白い雲がいっぱい
谷間の空をとざしていた
谷川の音がかすかにきこえていた

ひとりでたべるにぎりめしに
お母さんのかみの毛が
一本まじっていた

『定本木下夕爾詩集』より

解説

木下夕爾は、一九一四年に現在の福山市で生まれた詩人・俳人です。『おもいで』は、木下夕爾が故郷と母について記した作品です。

ふと、想い出が浮かんでくる山での出来事。あのときの空と、目の前に広がる光景。耳にとどいてきた微《かす》かな音。そして、一人で食べたにぎりめしに混ざる一筋のかみの毛から浮かび上がってくる母の姿。誰もが心の奥に抱えているであろう故郷と母の面影を、数行にそぎ落とした簡素な言葉によって表現しています。

過剰に語ることを抑制した素朴で簡素な詩は、生まれた土地や時代を越えて共感を伝達していく叙情詩の世界を生成しています。夕爾と交流のあった同郷の井伏鱒二は『定本木下夕爾詩集』がアメリカ人のロバート・エップによって翻訳出版された際に、「アメリカ人は、もっと夕爾の詩を読むべきだ」といったそうです。また、井伏は夕爾のことを「いみじき詩人」と評価するなど、その詩才を非凡であると認めています。

詩は、文字が発明される前からあったと言われています。そのころの詩は、聴覚で定まった音のリズムや形を感じる「韻律」など一定の決まり事にそって作られ、声に出して朗唱されたり節を付けて歌われたりしたといいます。夕爾の詩は、作られはじめたばかりの始源の詩と共鳴するかのように、純朴でリズミカルです。大岡信は、「中央からはるかに離れた地方に住むことによって、彼は過去の詩人たちによって何世紀もの間保持されてきたものを、彼独特の静かな現代的手法でよみがえらせた」と表現しています。

木下夕爾は、県立府中中学五年のときに堀口大学が選ぶ『若草』の詩欄に初めて投稿し、特選となりました。その時から堀口を終生の師と仰いで詩作を続けました。中学卒業後は東京、名古屋などの都市で学生生活を送りますが、家業を継ぐため地元福山へと帰ります。しかし、夕爾は文学で勝負するという野心を持たずに帰郷したわけではありません。元来病弱であったということ、病に倒れた義父に代わって薬局を継がなければならなかったこと、様々な理由があり、福山で詩人・俳人としての活動を続けたのです。

まわりの文人たちには温和で純粋無垢な人柄であると評された夕爾ですが、「私は書く、東京の誰にも書けない詩を備後で書く、さすれば此田舎へ、中央から私の詩を求めにくるだろう」(『追悼記念誌』)という気骨を持っていました。

木下夕爾

(きのした　ゆうじ) 1914〜1965

広島県福山市生まれの詩人・俳人。本名は優二。名古屋薬学専門学校(現在の名古屋市立大学)卒業。中学卒業後に上京し早稲田第一高等学院で学ぶも家業を継ぐために名古屋薬専に転入する。卒業後は広島に帰郷して薬局を経営する傍ら文学活動を続ける。『田舎の食卓』で文芸汎論詩集賞を受賞。

『定本木下夕爾詩集』
牧羊社／1966年

赤い文化住宅の初子

松田洋子

第3章●Right Light

『赤い文化住宅の初子』より

バ
バカ
あの灯りいっこいっこ全部に
家族がおってくらしよん
果てしなくあんなたくさん
げぼが出そうなくらい

ガチャ
ゴコッ
ぷふぅ
おかえり
酔うとん？
おぐっ
ほっとけぇ
気持ち悪いん？
へたん
うるしゃあんじゃ
なあお兄ちゃん
ジャゴゴ

わしんなんも期待すな!!
水…
いらん?
ハッコ
おまえ
……
うふぅっ
酒飲んだり
デリヘル呼ぶ金
あったら妹
高校行かせえ
思いよんじゃろ
思ようらんよ

バカに しよう ろうが
しよう らんて
なあ お兄ちゃん うち…
わしゃ あやまらんど あやまるんは ズルイけえの
ガッ
ピシャン!
はあ!

家族や親戚に
なんかコネ持っとん
おらんのか
就職させぇいうても中卒は今どっこも雇うちゃくれんど
すぐに辞めっしまうて評判悪いけえの
チコチコ
チコッ
お前は若もんらしいハツラツとしたとこが無いけえ余計ダメよ
ぷくく、若もんって…
なんね!? 田尻先生
藤井先生って風俗行っても女ん子に説教しよるんじゃろー
あんたぁクラスの生徒じゃろおもっと真剣になったらどうなんね!
くくく

まあええがあ
女ん子は
いざんなったら
なあ〜〜
風俗
なんか
ダメ
じゃけの！
んっふ♡
え〜
結婚
すりゃあええ
いう意味で
言うたんに〜
わしと
結婚しよう！
約束するけえ
ぽーっ
やっちも
無あこと
言わんといて
くれ！
明日あ
卒業式じゃあ
いうんに進路
決めてくれんけえ
こっちゃあ困るん
じゃ
ドシン
春休みまで
わしらぁ
働かす気か！

え〜〜
3年1組
三島君 テニス 続けんの〜〜ん
東高は設備 そろうとるけぇ パソコン部も ええな思うて
いけぇ〜ん オタクっぽい があ〜〜〜
うちらそんなん ようわからんも〜ん 一緒にテニス部 入ろうやあ〜
きゃあ きゃあ きゃあ きゃあ きゃあ
おー 宇野ォ どうじゃった？
あ〜あ
田尻なん じゃって？
……い
いざとなったら 結婚 せえって
ちょおっ

な〜ん
ソレ!?
きぃ
バッカ
じゃないいん
田尻〜〜〜
きぃ
きぃ
きぃ
きぃ
ちっ
そんなん
できるわきゃ
なかろうが
うん
やっちも
なあわ
まあ
ぜえたく言わん
かったら
なんぼでも
仕事はあるて
言うがあ

そんなん誰が言うたん？
うちのお父さんも言いよったわ
TVとか新聞でも見たなあー
どれもうちには無あけえわからん
あんまりやりとうない仕事でもやってみりゃあええかもしれんし
最初バイトで入ってがんばって社員にしてもらうとか
何か資格とか免許とるかして上目指したりな
ほーよなあ
進学せんだって通信教育とかあるしなーあ
みんなして何を言いよるんかさっぱりわからん

三島君て学級委員ぽお～～～い
えら～い
きゃ
きゃ
まーのぉ明日までは学級委員じゃし
はっ
ガタ
オイ何で帰りよんなこれから卒業式の練習あるんど
何アレ？
なあ～
宇野ォ!?
三島君は学級委員じゃのうて

王子さまは
いいました
「ぼくとけっこん
してください」
そしてふたりは
いつまでも
しあわせに
くらしました
なんかもう
王子様みたいに
思うてしもう
とつたん
思いたかつたん
待てぇや!

ぶんっ
待たれん！
キーン
バシッ
コーン
勝手にせえや
かねがなったら王子さまは去っていってしまいました
カーン
キーン
明日の卒業式は雨じゃ
なげたくつはひろってもらえません
そしてふたりはどうにもなりませんでした
やっちもなあわ
すとん
とんっ

ガコン
こんなんしか入っとらん
090-
チェンジ キャンセル 無料
スピード出張
2000円 OFF!
じしっ
ピッ ピッ
いけんわ お兄ちゃんが いるんかも しれんかった
ふぅ
あれ
ゴン
いけーん
無いがあ

鍵…
失したあ
お兄ちゃん
遅いんかな
お母ちゃーん
開けてえ
コン
コン
おなか
へったあ
宮通りで
飲みよん
かな

宮通り 昇天街
ここの灯りも果てしないかんじ
おおあお
夜じゃと宮通りはものすご大きゅう見えるんなあ
肉民
サワー各種
90円
BAR
どうしようドアもよう開けれん

オイ
ガシ
しもうた
補導員じゃ
ギュッ
あの…
なんぼな?
ずり
ひっ!?
やめときー
そりゃ
ほんまもんじゃけ
淫行で捕まるで
東高の
制服!?
うちゃあ
制服だきゃあ
ほんまもんじゃし
素人より低い料金
高いサービス!
あ〜ん
3000円
ポッキリ!!
SEXYキャバク
高
女子高

太田工業高校のある？
レアもん好きじゃね
だっ
怖かつた
はっ
はぁ
ひぃっ
ソープランド
よとぎの国
性感
ヘルス
2号
エロティク
へえでも
いざとなったら
うちでも
こういうとこで
働けるんかなあ
学校出ても
仕事も無あても
家も家族も
こんまま失くなってしもうたら
この灯りの
いっこに
入るんかなあ
そこでも
王子様が
来よるんを
待ちょうたり
しよるかもしらん

とぼ　とぼ…
灯りじゃ
ガチャッ
ホッ
ダッ
お兄ちゃん！
ハツコ
どりゃあ どけぇ行っとったん じゃあっ!!

鍵…
失あして
ほんで
お兄ちゃん
探しよったん
はあ〜
ほんまに
どんくっさいのお
お前はあ
……ごめん
どんくしゃあけえ
どっかで事故った
かあ思うて…
ストーブ
つけとらんけど
寒うない？
ええわ
もう寝るけ
うちは
ラーメン食べて
から寝てええ？
うるしゃあ
ガッ
ピシャン
心配
させちゃ
いけんね
コプッ
コポ
こっちの
灯りが
ええな

今日は
なんで
雨降つとらん
のじゃろ
行かん
のんか？
…んん
ええん
バタン
今日は学校で
卒業式が行われて
いますが私だけ
行けません
着ていく服は
あるけれど
行かれんわ

シャッ!
ばっ
ついしょ
バタ
バタ
おかあちゃん
いってきます
コンコン
コン

はい
宇野ォ わしと一緒に 卒業式 行ってくれんか
カ・チャ
ええよ
はー
えかったあ
宇野ォ
なん？
頼むけえ あんまり 心配させんで くれえの
え!?
あー…
ごめん

なあ
おん？
いきなり
うちがおらんなったら心配する？
するわあ
東高の制服着て
宮通りで仕事せん方がええ？
すなぁや
大人んなったら
わしの嫁さんに
するんじゃけ
この約束だけで
いつまでも
しあわせに
くらしてしまえ
そうなよ

解説

『赤い文化住宅の初子』は、広島県福山市を舞台に、母を亡くし、父が蒸発してしまった兄妹の日常を描いた漫画作品です。二〇〇七年には、タナダユキ監督によって映画化もされました。

「文化住宅」とは、大正時代に広まった洋室を取り入れた住宅のことですが、関西地方では単に集合住宅のことを指す場合もあります。

主人公は文化住宅に住む中学三年生の初子です。高校を中退した兄、克人は遊び好きで頼りになりません。初子はラーメン屋でアルバイトをしていますが、生活費もままならず高校進学もあきらめざるを得ません。どうにもならない厳しい現実の中で、しかし初子の抱いた淡い恋心だけは確かなものでした。そんな少女の、過酷な暮らしと淡い夢の美しさとがリリカルに浮き上がってくる作品です。

この作品に強い固有性と現実感を与えているのは、兄は兄なりに、初子は初子なりに生きている姿を、少し乱暴な広島弁によってリアルに描いているところではないでしょうか。激しくて尖っているのに温かいこの地方に根ざした言葉は、ローカル色を演出するために使われているわけではありません。飾らずに自分の気持ちをさらけ出す道具として、的確に機能しています。「やっちもない（しょうもない・くだらない）」などの言葉も、方言で描くことで、言葉の持つ力をより強く感じさせます。

作者の松田洋子は、大阪生まれ広島育ちの作家です。広島の言葉の特色としてよく指摘される言葉の荒っぽさや暴力的な響きを残したまま、どこか温かさを感じる表現をリアルに描けたのは、故郷でも異郷でもある土地の言葉として広島の言葉を受けとめていたからではないでしょうか。

『赤い文化住宅の初子』以外にも、二〇一三年に日本漫画家協会賞優秀賞を受賞した『ママゴト』など、広島を舞台とする漫画を描いています。

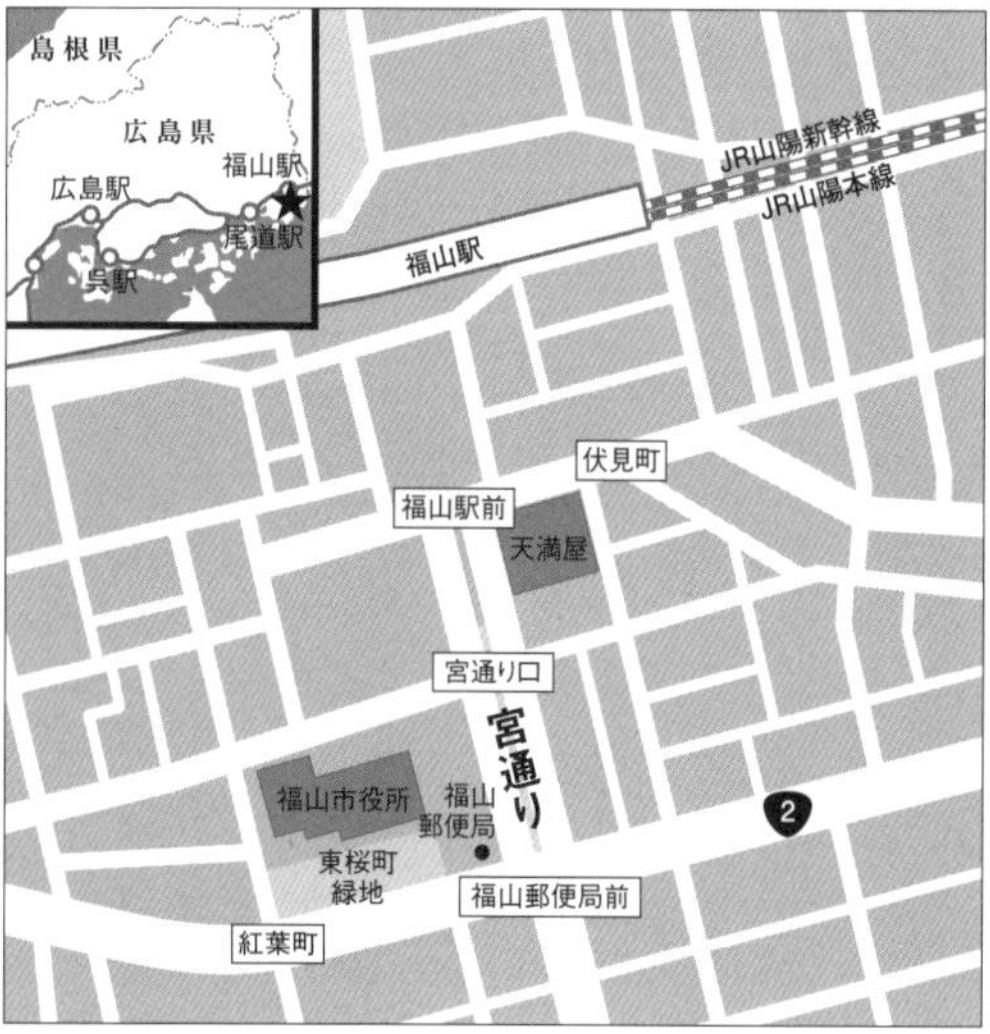

松田洋子
（まつだ　ひろこ）1964〜

大阪府生まれの漫画家。5歳のときに広島に転居する。30歳を過ぎてから漫画家になることを目指し、講談社の『モーニング』に持ち込んだ作品『薫の秘話』がちばてつや大賞を受賞し、1995年にデビューする。主な著書は『まほおつかいミミッチ』『相羽奈美の犬』『ママゴト』など。

『赤い文化住宅の初子』
太田出版／2003年

カープ

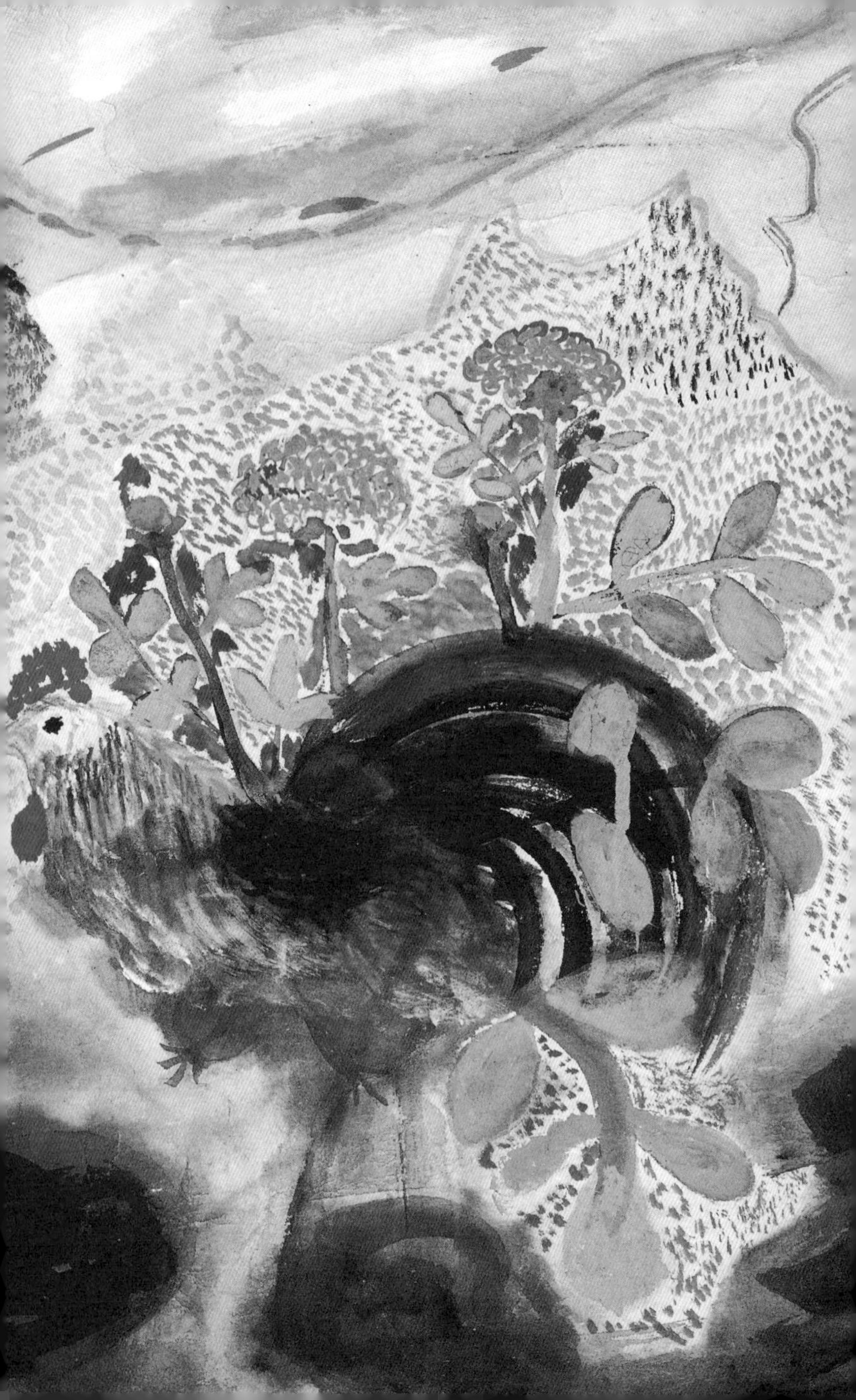

スカウト

後藤正治

住之江《すみのえ》球場で金城基泰《かねしろもとやす》をはじめて見た木庭《きにわ》は、その後、何度か此花《このはな》商高を訪ねている。最初、学校のグラウンドがなかなか見つからず、うろうろ探したものである。此花商高は人家の密集した地域の一角にあって、グラウンドはゴルフの打ちっ放し場のように、天井に網を張った狭い空間だった。これじゃ満足に練習もできまいと思ったものである。設備は貧弱だったが、先に見た高校生の球は唸《うな》りをあげていた。

兵庫・三田《さんだ》学園高校のグラウンドで行われた練習試合を覗いた日もある。三田学園は淡口《あわぐち》憲治《けんじ》(のち巨人)がいた時代で、なかなかの強豪チームだったが、金城の威力のある荒れ球にまったく手が出ない。俺の球が打てるか、打つなら打ってみろ、ただし、行き先は球に訊いてくれ、というようなピッチングである。此花商高の打線も非力で点を取れない。そのうち、四球からエラーがらみで点を取られ、一—〇か二—〇で此花商高は敗れる。これがいつもの負けパターンだった。あのグラウンドでは内野守備の練習も思うにまかせまいと、木庭は同情心が湧いたものである。

西原を通し、金城の周辺情報も収集していた。性格は、ピッチングの通り、一本気の若者のようだ。木庭はますます惚《ほ》れ込んだ。

三年生の夏、木庭の〝期待通り〟、此花商高は大阪府大会の一回戦で敗《やぶ》れる。スポーツ新聞にも金城の名前はまったく出ないし、スカウト仲間の口から名前が聞かれることもない。この高校生に他球団がまるで目をつけていないことに木庭は一層魅力を感じた。

（中略）

この年、一九七〇（昭和四十五）年のドラフト戦線は、高校生では甲子園のアイドルとなった箕島《みのしま》高の島本講平《しまもとこうへい》、岐阜短大附属高の湯口敏彦《ゆぐちとしひこ》、広陵高の佐伯和司《さえきかずし》が三羽烏《さんばがらす》と呼ばれていた。それぞれドラフト一位で、南海、巨人、広島に指名され、入団している。

金城は広島に五位指名された。以降、年末、カープへの入団が決まるまで、木庭と金城の攻防が続いた。

指名をした翌日、木庭ははじめて金城の自宅を訪れた。実家は建設業を営んでいた。それまで、金城本人との接触は一切していない。

不機嫌そうな顔立ちで、金城は現れた。法政大学への進学を決めていた若者は、プロ球団のスカウトと会うことも嫌だったのだ。が、せっかく来ていただいて会わないとは失礼だぞ、と父親にいわれて顔を出した。父親は、進みたい道は自分で選べ、という鷹揚《おうよう》な性格の人物だった。

現れた若者が、カシミアのいいセーターを着込んでいたのを木庭は記憶している。瑣末《さまつ》なことを覚えているのは、部屋の家具ひとつ、着ているもののひとつに敏感であるせいだった。家庭の経済状態を摑《つか》むヒントになるからである。

木庭はすでに、金城が法政大へのセレクションを受けていることを知っていた。難航は予期していたことだった。

木庭は指名に至ったいきさつを述べ、金城は大学進学の希望を語った。木庭にしてみれば、大学へ進みたい、社会人でやりたいなどの言は、いわば挨拶代わりの常套句《じょうとうく》でしかない。たとえ決まっているといわれても、スカウトにとっては、「入学式・入社式が終わるまで蓋《ふた》は閉まらない」。

以降、大阪市内のホテルや料理屋で、何度か二人は顔を合わす。

「いま広島は外木場《そとこば》、安仁屋《あにや》、白石《しらいし》、大石弥太郎《おおいしやたろう》の四本の柱がいる。が、いずれもピークは見えたピッチャーだ。彼らに代わる柱がほしい。今年一位に指名した佐伯、二位の永本《ながもと》(裕章《ひろあき》、広島・盈進高《えいしん》)、それに君の三人で新しい柱を担ってほしいんだ……」

「指名順位は五位だけれども、僕の気持ちとしては佐伯、永本と対等の評価をしている。五位にしたのは他球団が指名してこないと踏んだからだ。順位は評価とイコールじゃない。お前さんの下からホップする球は並じゃない……」

「六大学に行きたいという気持ちはわかる。けれども、これから四年間、なにが起こるかわからんじゃないか。在学中に肩や肘《ひじ》を痛めたって話はゴマンとある。そのとき、プロが欲しいといってくるかどうかはわからんぞ……」

「将来サラリーマンになるというんだったら大学を出たほうがいいだろう。でもいずれプロでやりたい気持ちはあるんだろう。だったら体の柔らかいいまのほうがいい。そうは思わんか……」

会うたびに、木庭は口説きに口説いた。

法大進学という気持ちは、木庭に会うたびにぐらついた。十―〇の気持ちが、八―二になり、やがて五―五になっていく。踏ん切りはつかなかったが、「鶏《にわとり》が小屋に追い込まれるごとく」プロ入りへの比重が高まっていく。

師走《しわす》も押し詰まった日だった。甲子園の旅館に泊まっていた木庭は、金城の家に電話をかけた。潮時《しおどき》と踏んだ。もしプロ入りをしたいなら明朝電話をしてくれ、こちらからはもう連絡はしない、といった。〝最後通牒《つうちょう》〟を発したわけであるが、針に魚がかかったと読んでいた。

金城が最後までこだわったのは、プロ入りすることによって、自分のために奔走してくれた監督の好意を踏みにじってしまうことだった。

それはいい。大人の思惑《おもわく》なんか考えず、自分が行きたいと思う道に進め――という監督の言葉で踏ん切りがついた。

「お世話になります」――翌朝、予期した電話があった。十八歳の若者は老練なスカウトにまんまと籠絡《ろうらく》されたのだった。

金城基泰のプロ野球人生は波乱に富んでいる。木庭の期待以上の活躍をみせてくれたと同時に、肝《きも》を冷やすような出来事もあった。またそこから一歩一歩再起していったという意味でも、木庭に忘れがたいものを刻んだ選手だった。

入団した年の宮崎・日南のキャンプ、マスコミの取材は佐伯に集中した。佐伯が報道陣に囲まれてインタビューを受けているとき、金城は外野で球拾いをしていた。

手応《てごた》えを感じたのは、佐伯と並んでブルペンでピッチングをしたときである。佐伯に比べ、コントロールは雲泥《うんでい》の差があったけれども、球の勢いは負けていないと思えた。

二年間の二軍暮らしを経て、三年目、十勝(六敗)をあげる。四年目、カープ優勝の前年であるが、二十勝(十五敗)をあげてチームの稼《かせ》ぎ頭《がしら》となった。

下手投げは左バッターに弱いとされるが、王貞治に対しても真っ向勝負が金城の持ち味だった。細かいコースを狙って投げたことはない。狙っても行かない。打者の膝もとか胸もとを狙って、真っ直ぐを力一杯投げる。それ以外、投げる術《すべ》を知らなかった。

寮に住んだ金城は、木庭とよく顔を合わせた。

「よう、元気にしとるか」

そんな風にいう。さらっとした言い方のなかに、がんばれよという激励が込められているように感じられるのだった。技術的なことはいわれたことがない。スカウトは入団させるのが仕事、育てるのはコーチの役目というのが木庭の流儀だった。広島市内の靴屋や洋服屋に連れて行かれ、買うんだったらこの店にしろよ、といわれたこともある。金城の見るところ、木庭は物知りだった。

自分の入れた選手は可愛いもの、と木庭はいう。ただ、濃淡はある。入団のいきさつもあったし、期待通り働いてくれたという思いもあった。それに、鼻っ柱《ぱしら》は強いが、若者の、裏表のない一本気な気性が木庭は好きだった。

この年のシーズンオフ、金城は悪夢としかいいようのない事故と遭遇する。よく働いたご褒美《ほうび》として、球団は外木場と金城を別府温泉に骨休みに送り出した。

その日、一九七四(昭和四十九)年十月十二日、金城は、別府港に知人を迎えるため、現地で知り合った人の車の助手席に座っていた。やたら霧の深い朝だった。車は、港に近い道路のセンターラインで対向車と正面衝突した。その一瞬を、いまもスローモーションのように覚えている。

顔がフロントガラスを突き破り、ガラスの破片が顔中に突き刺さった。とっさに車の座席に置いてあった赤ちゃんの紙おむつをつかんで顔を覆ったが、すぐに水をかぶったようにびしょびしょになった。赤いカーテンのようなものが目を覆《おお》い、それっきり何も見えなくなった。「救急車を……」という声を聞いたところで気が遠くなった……。

別府から広島の東洋工業付属病院に運ばれ、絶対安静の状態が続いた。両眼が傷つき、交感性眼炎を併発した。一方の眼球を摘出するしかない……。病院にかけつけた木庭は、そんな話を耳にした。顔中、包帯を巻かれてベッドに横たわる若者の姿は痛々しくてならなかった。もはや野球どころではない。眼に再び光が宿るかどうかの話なのだった。

金城の右目の瞳の上部には、いまも白い線が横に走っている。手術跡である。「一か八《ばち》か」という大手術だった。一週間、頭の下に砂の枕を敷き、暗闇のなかで過ごした。あくびをしても縫った眼球の組織が動く。じっと動かず、寝たっきりの時間を過ごす。この一週間の時間について、金城はこんな風に回想した。

「訊かれたこともあるんですが、そうなってみないとわからない気持ちといいますか、いまもうまくいえません……。夜が辛かったです。真っ暗だから昼も夜もないんですが、耳が音を拾っていくんです。消灯だな、人の声が止《や》んだな、廊下の足音が消えたなって。夜になると、音のない世界にしーんと沈んでいく。それが一番苦しかったですね。耳はすごく敏感でね、看護婦さんもみんな声で覚えているんです。のちに顔を見たとき、ああこんな顔の人だったのかと思って戸惑ったのを覚えていますね」

やがて包帯は解かれたが、見えるのは、どろーっとインクを流したような幕だけだった。やがて、少しずつ少しずつ、明暗と輪郭がはっきりしていく。おぼろげだった人の顔がわかるようになる。百円玉と十円玉の区別がつくようになる……。

翌年四月、これ以上の回復は期待できないとされ、退院することになった。その数日前、特殊なコンタクトレンズをはめるテストがあった。優しかった年配の看護婦からこういわれた。

「あんまり期待し過ぎたら駄目よ」

はめた。病室の窓の向こう、灰色の東洋工業の工場の壁が鮮やかに見える。変哲もない殺風景な壁が、すばらしく色鮮やかに見えるのだ……。

野球——という文字が再び点灯したのはこの日以降である。

（中略）

一九七五（昭和五十）年十月十五日——。

先発、外木場のあとを受けた金城は、八回裏、ワンアウトランナー一、二塁で後楽園のマウンドに立った。真《ま》っ直《す》ぐ、さらに真っ直ぐ、さらに真っ直ぐを投げ込んだ。もう気力だけだった。俺の球が打てるか――。気だけは復活していた。

マウンドに金城――。ラジオのイヤホーンから流れてくるアナウンサーの声を、木庭は川崎球場のバックネット裏で耳にしていた。

その日、木庭は、ごく平凡な一日を過ごしていた。ひと月後にあるドラフトのリストを絞り込む時期である。日本鋼管の投手をリストアップするかどうかの最終判断を兼ねて、球場に出向いていた。備前喜夫《びぜんよしお》と一緒だった。備前は現役引退後コーチをつとめていたが、この前年からスカウトに転じていた。鋼管の投手は「消し」という判断を下した。備前の見立ても同じだった。

ラジオの音を大きくした。九回表、金城がヒットでランナーに出る。大下がバントで送り、三村がフォアボール。そして、三番ホプキンスがスリーランホームランを打った――。二人は腰を上げた。

川崎駅からJRに乗り、東京へと向かった。電車は込んでいた。吊り革にぶら下がりながら、とぎれとぎれ、古葉監督の胴上げを伝える声がイヤホーンから流れてきた。

優勝が決まれば、カープの東京での宿舎、両国のパールホテルで祝賀会が行われる手筈《てはず》となっていた。木庭と備前はその手伝いでもしようと思ったのである。

ホテルはごった返していた。受付に立ってはみたが、だれもはじめてのことでどうしていいかわからない。そのうち東洋工業の社員たちが現れ、手際良く受付の仕事をこなしていった。やがて大勢の人が押しかけてきた。だれもが喜色満面、興奮し、叫んでいた。見知らぬ人たちに握手され、抱きつかれた。

騒ぎが一段落したところで、木庭は備前にいった。

「備前さんや、腹減ったから銀座に出てメシ食いましょうや」

タクシーを降りた銀座の通りは、人々で一杯だった。赤い野球帽をかぶった人も大勢いた。「広島、優勝！」「カープ万歳！」。あちこちから酔客《すいきゃく》のそんな声が上がっている。赤ヘルの応援歌も聞こえてきた。通り全体が沸き立っている。東京にこんなにたくさんのカープファンがいたのか。優勝の余韻《よいん》は銀座にも充満していた。

カープファンだけではなく、すべての野球ファンの琴線《きんせん》に触れるような興奮をもたらした優勝は、空前にして絶後であったろう。その背後には、貧乏球団、弱小球団とさげすまれ、何度か解散の瀬戸際にも追い詰められながら、野球を愛する広島市民の手によって支えられてきた稀有《けう》の歩みがあった。

この五日後、広島の中心部を東西に貫く平和大通りで行われた優勝パレードは、沿道三十万人の市民で埋まった。人口の三分の一強が沿道に並んだことになる。この日も、木庭たちスカウトは全国に散っていた。

木庭にとっては、優勝を決めた日の夜の銀座が〝優勝パレード〟だった。その道づれとして、「募金樽」の時代からカープ一筋で生き抜いてきた人、備前ほど相応《ふさわ》しい人もいなかったろう。木庭も、また備前も、雑踏のなかに身をゆだね、ただ黙って歩いていた。

木庭は、この日、胴上げに加わった選手たちの顔を思い浮かべた。衣笠《きぬがさ》、山本浩二、三村、水谷、水沼、外木場、佐伯、池谷……。そして、地獄の淵から甦《よみがえ》った金城……。どういうわけか、浮かぶのは、彼らが入団してきた当時の、学生服姿であったり、初々しい童顔の若者時代なのだった。

『後藤正治ノンフィクション集第5巻』より　抜粋

解説

『スカウト』は、プロ野球球団「広島東洋カープ」の黄金時代を演出し、のちに他の球団、横浜大洋ホエールズ、オリックス・ブルーウェーブ、日本ハムファイターズへと多くの逸材を送り出したスカウトマン・木庭教《きにわさとし》を取材したノンフィクションです。赤ヘル黄金期を支えた衣笠祥雄《きぬがささちお》や大野豊《おおのゆたか》など、有名選手を発掘した実績に光を当てるだけではなく、日々の地道な活動や無名選手との親交も含めたスカウトマンの人生模様を熱く描き出しています。

後藤正治は『スカウト』について「ほぼ三年、主人公のスカウトと折に触れて行動をともにし、またそれまでの歩みを辿ってきた。いま振り返ってよぎるのは、直射日光が照りつける地方球場の堅い椅子や、その足元を這う黒い蟻や、頬をなでる一陣の風である。スカウトとの日々は、そんな情景のなかで過ぎていった」と「あとがき」に記しています。

野球界を支える「影の男たち」と言われるスカウトの哀歓にスポットライトを当てたこの作品は、戦後のプロ野球史と重なる裏面史であり、またスカウト合戦における知られざる内幕をも描いた、批評性の高いノンフィクションです。

かつてのプロ野球ドラフト制度下では、金にまかせて有能選手をかき集め、人気球団を作りあげることが可能でした。しかし、カープは市民球団であり貧乏球団で、金まかせで選手を集められないという決定的ハンディキャップを抱えていました。そこで、選手を見極める鋭い目を持つスカウトが、人脈という泥臭いネットワークも駆使して才能豊かな選手を発掘するという手段を選びました。

スカウトたちは、プロ入りを渋る親や選手を口説《くど》き落とし、入団した後も担当した選手に声をかけ、激励しながら若武者たちをスター選手に育てあげる手助けをしていきます。その才能を世に知られていない無名選手を掘り出して、育成していくためには、一流スカウトと呼ぶにふさわしい眼力《がんりき》と人間力を必要としました。

木庭は、カープ退団後の大洋ではスカウト部長を務め、三年という短期間で進藤達哉《しんどうたつや》、谷繁元信《たにしげもとのぶ》、石井《いしい》琢朗《たくろう》、佐々木主浩《ささきかずひろ》などの選手を獲得しました。いずれの選手も一九九八年に横浜ベイスターズとして日本一を達成したときの主力メンバーです。

現在も下位指名選手のスカウトは目利《めき》きが頼りですが、木庭ほどスカウト道を極めた人格者はなかなか見当たらないといいます。

後藤正治

（ごとう　まさはる）1946～

京都府京都市生まれのノンフィクション作家。京都大学卒業。政治家の秘書を務めていたが執筆活動に専念。スポーツや医療問題をテーマとした作品を数多く執筆し、1990年『遠いリング』で講談社ノンフィクション賞を受賞。1995年には『リターンマッチ』で大宅壮一ノンフィクション賞を受賞する。

『後藤正治ノンフィクション集　第5巻』
ブレーンセンター／2010年

瀬戸内海

瀬戸内海美論

賀川豊彦

瀬戸内海の沿岸は、日本に於ける最も人口の稠密《ちゅうみつ》した地方である。東から数えると、大阪、神戸、尼ヶ崎、堺、岸和田、西の宮、明石、姫路、岡山、倉敷、尾の道、糸崎、福山、呉、広島、宇部、下関、高松、丸亀、今治、松山、別府、門司《もじ》等、日本に於ける都市の五分の一に近いものが、瀬戸内海の周囲に並んでいる。之に小さい町を加えるなら、瀬戸内海は都市を以て囲《かこ》まれた地中海であると云うことが出来よう。であるから、瀬戸内海では、人間と自然が完全な調和をしていると考えてよい。それだけ平凡に聞えるようだけれども、其処《そこ》にまた何とも云えない味《あじわ》いがある。港々に違った趣《おもむき》があって、海洋生活をしているものでなければ判《わか》らない嬉しさがそこにある。大阪の美しさは、阿治川《あじがわ》口にある。川の両側を遡る時に、幾万艘《そう》の帆船にうち立てられたマストが、林のように並《なら》んでいるのも一興《いっきょう》だし、神戸の港を夕闇に紛《まぎ》れて出帆する時などは、まるで龍宮に行ったように美しい。斜面に建《た》てられた幾万の住宅が、一軒々々、燈を点《つ》けているのが、沖から見ると、イルミネーションのように見えて、何とも云えない美しさを与える。尾の道の美は、小舟の美にある。其処では、瀬戸内海から集って来る幾千艘の漁船、運送船が舷《ふなばた》を並《なら》べて、狭い処に群《むら》がる。水は青く、山は緑に、浜に沿うた市場の賑《にぎや》かさと相呼応して、あそこ程海の恩恵を豊かに思わしめる処は、ちょっと他に見ない。四国の諸港は皆概して平凡である。それに引換えて、本島の沿岸には屈曲に富み、良い港も相当に多い。赤穂《あこう》に近い生港《おうこう》なども、実に床《ゆか》しい自然美を持っている。生港の西浦には、硝子《がらす》会社があるが、そこいらは、小山と入海《いりうみ》が美しく配合せられている為に、ユートピアにでも行ったような気がする。瀬戸内海の処々には、そうした景色が実に多い。阿波の小鳴戸を少し這入った高島の浦の如き、やはり紺碧の海と緑なす小山とが、完全に調和して、言葉で尽《つ》くせない静けさを出現させている。そうした入海には風波が立つことは稀《まれ》であって、多少交通は不便であるけれども、山では感ぜられない一種の平和な印象を与えられる。厳島《いつくしま》の管絃祭は瀬戸内海の大祭である。四国から、九州から、勿論本島の諸国から、そして内海の数百の島嶼《とうしょ》から、汽船や帆船で集って来る人々は、幾万人か知れない。其処でも私は、海の恩恵に就《つい》て深く考えさせられた。厳島が有名になったのは、決して偶然ではない。島の文明が一種の社会的昂奮を持ちたい為に、ああした宮殿を出現さしたのだと、去年の夏私は管絃祭に行って、思いついたことであった。関門海峡は人間的に見て、実に豊かな気持を与えてくれる処である。殊に私は、下関から門司の方に渡る時の自然美と、都市美と、船舶美の溶《と》け合った処が最も好きである。

備後《びんご》の鞆《とも》などが最近有名になったようだが、鞆の程度の美しい港なら、瀬戸内海には幾十となくある。唯、宣伝が十分でない為に、世間であまり喧《やかま》しく云わないまでのことだ。明石の港などは、港としてはあまり感心したものではないが、春の日に、幾千となく蝶々のように帆を張った、大阪行きの帆船が打並ぶ時、その美しい光景は、世界の何処《どこ》にも発見出来ないように私は思う。『ほのぼのとこの浦船に帆を上げて、月もろともにいで潮の……』で名高い高砂港なども、海から見れば平凡な処であるが、陸地から海を見ると、非常に豊かな気が与えられる。

私はどうも、四国側から見た瀬戸内海よりか、本島側から見た瀬戸内海の方が美しいように思う。それと云うのも、四国側には大きな山が無く、屈曲も少い為に、そうした感じが多く与えられるのかも知れない。屋島《やしま》に上って、大島や、雄木島《おぎ》、雌木島《めぎ》を見下した時でも、何だかさびしいような感じを与えられるのはどういう訳だろうか。それに反して、宇野から高松に渡る時に、多く出会《でっくわ》す島々の形が、屋島より見た島々より、却って壮大な気持を与えてくれるのは、視覚心理の関係によるものだろうか。

（中略）

瀬戸内海は、春来ても冬来ても、いつでもよい。私は、因の島《いんしま》に渡ろうと、ある雪の朝尾の道の旅館で一朝を送ったが、瀬戸内の島々に雪の積った光景は、またとなくよいものであった。

夏の瀬戸内の良いことは云うまでもあるまい。涼風に吹かれながら、島々を伝《つた》い歩くと、星から星に渡り行くような気持がする。山から山へ上り歩いても、別に新世界に来たような気がしないが、水に区切られた一つの島から、他の一つの島に訪《おとず》れると、まるで別世界に行ったような気がする。そしてまた実際その通りで、島によって伝説も違い、風習も違い、人情も違うのである。島は、島の面積に比例して、あまりに人口が過剰《かじょう》な為に山より船を仕立てて、瀬戸内の島々を行商する者もあれば、隣の島の人々は漁業を専門にして、一年中沖に船を漕《こ》ぎ出している処もある。ある島は、倭寇《わこう》に関係のある多くの伝説を持ち、ある島はまた南朝の忠臣に関する伝説を持つ。神武《じんむ》天皇も瀬戸内海に数々の伝説を遺《のこ》して居られるが、瀬戸内海にとって最も多い伝説は、平家の没落に関するものである。摂津《せっつ》にも播磨《はりま》にも、讃岐《さぬき》にも、安芸《あき》にも長門《ながと》にも、平家に関する伝説は実に多い。そして、平清盛の偉業は今日も瀬戸内海の住民にとっては、多くの幸福を齎《もたら》している。

平清盛の墓は、兵庫と音戸の瀬戸に遺《のこ》っているが、音戸《おんど》の瀬戸を通る度毎《たびごと》に、私はいつも清盛がなつかしく思われてならない。

呉《くれ》から出て、音戸の瀬戸に吸込まれると、両側に立並《なら》ぶ二階座敷から汽船の乗客に向って、ハンカチを振ったり、手招きなどをする。そこは瀬戸内の船頭相手にする妓楼《ぎろう》であるらしい。潮はきつくて、舵手《だしゅ》は一瞬間も注意を疎《おろそ》かにすることは出来ない。もし、妓楼から呼ぶ、なまめかしい声に気を奪《うば》われるなら、船はすぐ曲角の処に坐礁《ざしょう》するより外《ほか》はない。そこら辺り、ゲーテのローレライの詩を思い出させる。清盛の塚は、音戸の瀬戸を南側に出た町の外《はず》れに立っている。其処は、曲角《まがりかど》になっていて、どんな眼の悪い男でも、それを見過しにすることは出来ない。塚は、多武峯《とうのみね》にある鎌足《かまたり》公の十三塔を模倣《もほう》したものらしい。石で作った簡単な十三塔が重ねられてある。私は、清盛が作った築島の辺りで生れ、清盛塚の近くに育《そだ》ったものだから、音戸の瀬戸の清盛塚にも特別の愛着を感じる。音戸の瀬戸の気持は、備後の鞆《とも》の浦よりか遙《はる》かに美しいように私には思われる。鞆の浦は前方が少し開き過ぎて纏《まとま》りが付かない。音戸の瀬戸は、その奥に何かあるように思われて、一種神秘的な気持が与えられる。

瀬戸内海の美より見れば、別府の如きは唯一つの附録にしか過ぎない。内海の美はやはりその多島海にある。春には鯛網、夏はぢぬ釣《つ》り、秋から冬にかけてのぼら釣り、その季節々々に海に相応《ふさわ》しい変化を与えてくれる。新聞や雑誌を気にする都会には、島の生活は寂《さび》し過ぎるかも知れないが、近頃はラジオも出来て、その日その日の新聞に就ても、あまり不自由をしない。世間から隔絶し、風波に揉まれつつ、日本の多島海に遊ぶのもまた愉快である。英の詩人バイロンは、海賊コンラードを詠《うた》って、ギリシャの多島海の美を讃《たた》え、仏の文豪モーパッサンは、地中海に浮んで、水の旅の紀行を遺しているが、日本の詩人も、もう少し瀬戸内海の美をうたって呉《く》れる必要があろう。

『山水大観』より　抜粋

解説

賀川豊彦は、一八八八年に兵庫県で生まれ、大正から昭和期にかけてキリスト教社会運動家として活動しました。労働運動、農民運動、無産政党樹立運動などに取り組み、生活協同組合運動の指導者としても活躍しました。

一九二〇年に改造社から出版された『死線を越えて』は、隣人愛を貫いて貧民救済に力をそそぐ主人公の半生を描いた作品で、後に三部作となって合計四〇〇万部を販売する大ベストセラーになりました。

賀川豊彦は、弟が第二十一観音丸という汽船に乗り込むようになってから、風が吹き空が曇るたびに海上生活者のことを心配するようになったといいます。瀬戸内海への思いを強くするようになったのは、それからでした。「それから私は、だんだん考を拡げて、海の美に就て思い及ぼすようになった。あの単調な海洋に、何か新しい美の標準を考え付いてみたいと、苦心した。」のでした。

賀川豊彦は、「瀬戸内海の美を探ろうと思う者」に向かってこう語ります。

「忙しい急行線に乗って、夜の中に其処を通り抜けてはならない。幾日も幾日もかかって、ある時は明石海峡の美を探り、ある時は大鳴戸小鳴戸の幽邃を尋ね、また他の機会に、豊後水道の悠然たる景色を眺め、また他の機会を窺って、門司海峡の面白い変化を味わなければならない。まだそれだけでは足りない。一度は是非、幅半里、長さ十三里もある佐田の岬を廻って、伊予の北岸を東に走り、四国沿岸の美を瞑想し、また他の折を見て、周防の大畠瀬戸から、厳島の南岸を伝うて、音戸の瀬戸、備後の鞆を経て、尾の道水道の面白い航路を通って見る必要がある。然しまだそれだけでは足りない。時には、小さい小舟を操って、瀬戸内海の一孤島を訪問することも必要である。」と。

戦後、晩年を迎えた賀川豊彦は、著作活動とともに生涯のテーマであったキリスト教の伝道と世界連邦運動を提唱し、指導に取り組みました。一九四七年と一九四八年には、ノーベル文学賞の候補になりました。また一九五四年から一九五六年にかけての三年間は、連続してノーベル平和賞の候補者として推薦されました。

賀川豊彦

(かがわ　とよひこ) 1888～1960

兵庫県神戸市生まれの社会運動家。アメリカのプリンストン神学校卒業。中学生の時にアメリカ人宣教師に洗礼を受け、キリスト教信者となる。1909年、神戸の貧民街に移り住み、社会運動と布教活動をはじめる。1920年には改造社から自伝的小説『死線を越えて』を出版、ベストセラーとなる。

『山水大観』
新潮社／1929年

エデンの海

若杉慧

試験を終ってからのお休みまで十日間は午前中の短縮授業で、午後は水泳だった。脱衣場などの設《もう》けはいらなかった。前がすぐ海なので寄宿舎や教室から水着でとび出すのだ。

朝から制服の下に水着を着込んできて、胸元をはだけ、下敷用のセルロイド板で風を入れながら授業うけて注意された生徒もあった。巴《ともえ》の純白の水着は何といっても目立った。たとえば数百の栗毛、青毛《くろ》などにただ一匹まじった月毛《しろうま》のように。あらゆる水技がまたとびはなれて鮮かなのだ。

八日目は各泳法の等級査定、翌日は六粁《キロメートル》の遠泳、十日目が余興の桃拾い。という毎年の例であったが、今年は桃がじゅうぶん手に入らないので、遠泳のすぐあとで閉場式という予定になった。

瀬戸内海でももっとも多島海といわれるこのあたりは、麓《ふもと》の方だけ畠に作られた無人島がいくつも点在していて、稚児《ちご》島もその一つだった。直線コースほぼ六粁、遠泳の往路は毎年発動《ぽっぽ》船を借りきって乗せていくのが、今年は便宜的巡航船をこの島につけてもらった。炎々たる七月の太陽の下で海は一枚の鉛の板をのべたようであった。この島に渡って学校の方を遠望すると、町は砕けた白い石垣のようにしか見えない。

鉛色に見えた水も膝までひたすと背筋に通る冷さがあった。みぞおちのあたりで急にまたあたたかになった。南條はゆるやかに体を波の上にうかべ、向き直った。稚児《ちご》島の渚は時ならぬ花びらを吹き寄せたような景観であった。白い水着がチカチカときわだって目を射る。彼女は砂の上に低く這った松の枝にぶら下って両足をバタバタやっていた。それに跳びつこうとしているのは片桐キョウ子「ブーちゃん」だった。臙脂に黄のダンダラ染めの水着ですぐそれとわかる。巴に貰ったのだ。彼女が着るとまるではち切れそうだった。みんなが「曲馬《サーカス》団長」と呼んだ。この団長は動作はすこぶるにぶかった。でもそう呼ばれることが嬉しいかのように、やはりニコニコしていた。

南條はまた沖に向って泳ぎ出した。規則正しいうねりが、彼の肩先を愛撫するように酔めた。波の上を眺める景色は珍しげに美しく、彼は午後に廻りはじめた太陽の光を受けた崖を見上げたり、島かげを動くともなく動いていく数珠《じゅず》つなぎの若松通いの石炭船を眺めたりしながら、潮の空気を胸一ぱいに吸いこんだ。何という広い自由な踊り相手だろう、海は！やがて合図の太鼓が鳴りはじめた。ふり向くと予備体操がはじめられて、巴と豚公《ブー》が並んで波打際まで駈けてきて、こちらに手招きしているのが見えた。南條は大きく片手を挙げてそれにこたえた。

「今日はどうも潮の調子がわるい。」

職員間では一ばん水泳の上手な物象教師の福井が海の上をぐるぐる見廻すようにしてから、伝馬船の南條を見上げて言った。「やっぱり折目から戻った方がよかった。」

福井は職員会議で、ただマンネリズムというような理由でまんぜんと泳路を変更することには反対したのだ。もっとも毎年折目島からのコースは珍しくないとは、四年生あたりから出た希望でもあったのだが。

「ぼくはまたこの櫓がよくはずれてかなわん。この櫓臍《ろべそ》を受ける穴を何というんですかねえ。」

「イレコとかいうけど……なあに、ゆっくりみんなのあとからついて来りゃあいいさ。入ってからいま何分？」

南條は舟の中に脱ぎすてた服のポケットから腕時計を出して答えた。

「もう十分で一時間ですねえ。」

「やっぱり流されてる。」

と福井はまたぐるぐる海の上を見廻すようにしていたが、「うるさい奴等だなア、あいつらは」と別のことを言った。女学校に何事かあるたびにそこいらを出没する七人組とかいう中学校の生徒が、学校のボートを乗り出して列の附近を往きつ戻りつしているのだった。

「いいじゃないですか、あれも一つの点景になって。」

「そこもある。」と笑って、福井は列の先頭に向って泳ぎ出した。

それから半時間ばかりたったとき、西に行く輸送船とすれちがった。船はわざと列に近づくようにすれちがうと見えた。甲板の上からはこぼれるほど帽子やハンカチを振りかけ、海の上の掛声も急にはずんだ調子を上げたが、船は見る見る走り去って、海面をたち割るようなうねりに、列は手もなくほんろうされて、隊列はなかなかととのわなかった。

その頃からぽつぽつ舟に上る者ができた。なかには片手だけ舷《ふなべり》につかまって泳ぐ生徒もあった。

「氷砂糖がないのはやはりさびしいな、去年は途中で二回も配ったんだがな。」福井はつぶやくように言って泳ぎ去った。

『エデンの海』より　抜粋

解説

瀬戸内海を舞台にした文学は数多く書かれてきましたが、若杉慧の『エデンの海』はその代表作の一つです。

小説の舞台となった瀬戸内海の忠海《ただのうみ》沖は、安芸の小京都といわれる竹原市の瀬戸内海に面した町にあります。ＪＲ呉線安芸長浜駅から車で約五分ほどの場所に設けられた展望台（文末地図参照）に、「エデンの海」と刻まれた石碑が置かれています。展望台からは、瀬戸内海に沈んでいく美しい夕日を眺めることができるため、観光スポットとして今も人気です。

「エデンの海」は、一九四六年、戦後の混乱がまだ続いている時代に発表された小説です。朝日新聞社が戦後に創刊した雑誌『朝日評論』に三回にわたって掲載されました。

海に面した女学校を舞台に、新任の青年教師・南條と、自由奔放な女子生徒・清水巴《ともえ》とのさわやかな恋愛を描いたこの作品によって、若杉は一躍人気作家になりました。単行本『エデンの海』は、一九四七年に文化書院版の初版本が刊行され、その後も雲井書店版、角川文庫版、講談社版、光風社版と数社から刊行が続きました。

瀬戸内海を背景に描かれたこの物語は、小説として人気を博すと同時に、三度も映画化されています。一九五〇年に松竹、一九六三年に日活が和泉雅子の主演で、一九七六年には、東宝が山口百恵をヒロインに映画化しました。

戦争の傷跡や記憶がまだ消えないなかで発表された『エデンの海』は、北国のミッションスクールを舞台にした石坂洋次郎の小説『若い人』などとともに、教師と女学生を主人公にした青春小説として読まれました。多くの若者たちは、恋愛小説を通して自由や民主主義に触れたのでした。

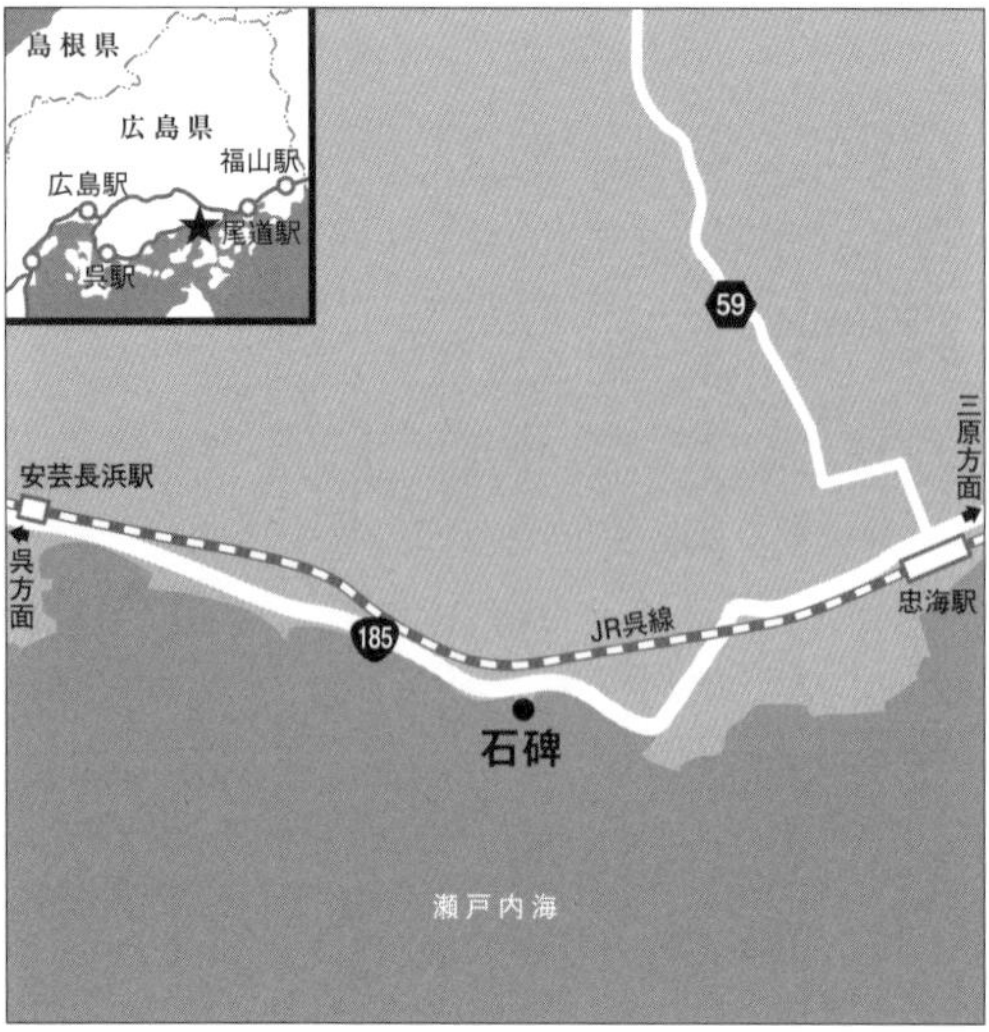

若杉慧

（わかすぎ　けい）1903〜1987

広島県生まれの小説家。広島県広島師範学校（現在の広島大学の母体の一つ）卒業。神戸小学校で教職につきながら、1931年に『絵桑』を発表して作家デビュー。1948年に教職を退職し、文筆に専念。後年は自身の撮った写真の展示会なども行った。1946年に発表した『エデンの海』は三度も映画化された。

『エデンの海』
角川書店／1951年

鞆の津

宮城道雄

　私の家は、先祖から広島県の鞆《とも》であった。昔は屋号を網干屋《あぼしや》といったそうであるが、父と母が神戸へ出て来て、間もなく私が生れたので、私は神戸生れとなっているが、自分としては、やはり先祖からの鞆を故郷のように思っている。それに子供の頃、家中がよるとさわると、鞆の言葉で鞆の話をしていたのが今でもなつかしく耳に残っている。

　その鞆へ物心がついてからこの年になるまでに、このたび初めて帰るのである。

　鞆からは尾道まで舟で迎えに来てやるというので、私は尾道の演奏会が済むと、夕方、長細い感じの路を案内されて、三緑荘へ泊めてもらった。

　八月の十日であったが、ここは、海辺で心持のよい涼しさであった。朝早く目が覚めると、漁師達とおぼしい声が、丘や、岸辺の舟のあたりから聞こえて来て、それが幾世帯もいるらしく私には感じられた。しばらくすると、すぐ近くで、撃剣《げきけん》の竹刀《しない》の音が調和を破ったように聞こえて来た。

やがて、一行の者も起きてきて、よい景色だといいながら、海の方を眺めている様子であった。時が経つにつれて、いろいろな音が聞こえて来るので、女中さんに尋ねてみると、この近くにはドックもあるのだといっていた。

十時に鞆から迎えに来る筈の舟が、十一時過ぎてもまだ来ない。先ほどから、みんなが沖の方を眺めつづけていた。そしてああ、今、島影からこちらへ向って来る舟があるといっている中に、いつの間にか見えなくなってしまうらしい。今度こそ違いない。しきりにこちらへ向って来るというと、誰かが、それにしては舟が黒くて大き過ぎるというのを聞いて、さっきから降りたり、昇ったりしていた、女中さんが覗いて見て、あれは近海を通う汽船ですという。ああ、すぐそこに白いスマートな舟が来ているではないか、あれに相違ないというので、みんながその気になっていると、近くまで来て他の方へそれてしまった。あの向うの帆かけ舟ではなかろうかというと、漁船であったり、こんな事を幾度も繰り返していた。私はみんなのいうのを聞いて、自分が見ているような気持になっていた。

十二時も大分過ぎたので、お腹が空いてきた。今度はほんとらしい、舳先《へさき》へ立って白い帽子を着ているのは、葛原《くずはら》先生らしい。そして、手を振っているように見えるという。それがだんだん近づいて来た。みんなが、思わず声をあげた。私にも手を振れというので、一所懸命に振った。そして、先生は八尋《やひろ》村から鞆へ出て来たのだなと思った。

舟が宿のすぐ下へ着いた。先生は「やあやあ」といいながら、私のいる二階へ上がって来られた。私の手を握った。そして、舟の都合で出るのが遅れたのと、潮の流れの関係で遅れたといわれた。あとから九曜会の方々や、親戚の老人が上がって来た。

私は舟へ抱えるようにして乗せてもらうと、エンジンが足へひびいてきた。こう一つ下りるのだといいながら、段々を下してもらって、舟の中へはいると、バスのような椅子になっていて、私は窓を背中にして腰をかけた。

舟が動きはじめると、丘から、宿の人や、二三人来ていた弟子達の声がした。私はその方を向いて御辞儀をしたり、手を振ったりした。舟はだんだん遠ざかったらしいが、みんながまだ見えるといってハンカチなどをふっていたらしい。向う側の島が近いので、まるで川をいくようだという。舟が速力を増していくにつれて、窓から涼しい風がはいって来る。私は、腰をかけているあたりをさぐりながら、心持よい舟だというと、錦水の舟で遊覧船に出来てるという。それから、鞆で用意された弁当がひらかれた。家内に取ってもらって食べ始めた。葛原先生も隣りで一緒に食べながら、しきりに景色のアナウンスをされた。私は目に青葉というわけにはいかないが、耳で聞いて想像しながら食べる弁当の味は、また格別であった。お腹が空いていたので、握り飯、海老フライ、蓮根、焼魚、肉の佃煮とつづけさまに食べていると、咽喉《のど》へ詰《つま》りそうになった。

葛原先生が、さっきのサイダーをといわれると、海へつけてあったらしい、艫《ろ》の方で罎《びん》を引き上げる音が、チリリと聞こえた。海の上が涼しいので、サイダーを飲み干すと、お腹の底まで冷たく感じた。

今まで続いて聞こえていたエンジンの音が、本格的になったように響いて、舟の進む波の音も広い処に出たように感じた。私は大分沖の方へ来たなと思うと、葛原先生が、ここは「口無の瀬戸」といって、どちらへ出ていってよいか出口がわからないといわれているところだ。白い波が、ちょうど兎《うさぎ》の飛んでいるように見える。また、遠くの方には、四国の山々がうっすらと見えているといわれた。

私はその景色が心の中に映ってきて、自分を忘れたようにうっとりとした気持になった。

ここから、阿伏兎《あぶと》の観音様の楼が、美しく見えるという。私はお参りがしたいので、舟を着けてもらう事にした。

舟から降りて、葛原先生に手を引かれながら、ゴロゴロした石の上を歩いていると、夏の午後の陽が照って、きりぎりすが鳴いていた。

昔、能登守が上ったというので、能登原という。そして、近くの神社に弓掛けの松がある。また、付近の島の竹を取って、能登守が矢を拵《こしら》えたということであると話された。

私は平家物語が好きで、点字の本で何遍も読んでいる。ことに御入水《ごじゅすい》のくだりの文章が好きであるが、この辺は、平家の由緒ある海だと思うと、昔が偲《しの》ばれてきた。

観音様の楼の段々を登り詰めると、下の方から微《かす》かな波の音が聞こえて来た。お堂の中にはいると、畳が敷いてあって、狭い感じであった。お参りをして鐘を鳴らしたが、古いせいかひびの入ったような音であった。

子供を持って乳の出ない母親が、この観音様へ願をかけて、乳が出るようになると、乳の形を拵えてお礼まいりをする。また、沖をいく舟は必ずこの観音様を拝んで通る。そういう話を聞かせてもらいながら、私はお礼まいりに捧げられた乳を触らせてもらった。裏と裏とを合わせたようにして、一組になった乳が、幾組も吊り下げてあった。中によく出来ているのがあって、すべりのよい絹に、ふっくらと綿がふくらみ、乳首まで拵えてあった。

私は観音様の慈悲や、親の慈悲というようなものを感じながら、外へ出て朱塗《しゅぬり》の手摺《てすり》やぎぼしなどをさぐってみたが、古びた感じであった。足元の廊下が少し海の方へ傾いていた。

仙酔島《せんすいじま》の吸霞亭《きゅうかてい》へ着いたのは夕方近くであったが、海水浴客の声が賑やかに聞こえていた。特別に取ってあったという静かな部屋へ通された。それから、昔、神功皇后がお出でになった時、霞を吸い込んだという洞穴のお風呂へ案内された。

湯槽をさわってみると、自然の石の形になっていた。水道の蛇口も洞穴の奥の方についていて、手を入れて捻《ひね》るようになっていたので、面白くて何遍も水を出してみた。

湯から上がると、鞆の町長さんを始め、婦人会や、有力者の方々が大勢来られて、私を歓迎して下さる会が開かれた。

私はその席で、故郷の人々となつかしくお話をした。それが終って、庭の小高い処へ登った。肌にふれる空気を音によって、夏の日の暮れて行く島の様子を感じた。

葛原先生は、暮れ行く鞆の町が一目ですよといわれた。そして弁天島、玉津島、津軽島、皇后島などの方向を詳しく教えてもらった。

そこを降りて来ると、学生らしいのがキャンプをしていた。葛原先生が遠くから来たのかと声をかけた。

浜辺へ敷物を敷いて、そこで夕食を食べたが涼しかった。新しい魚の味はまた格別で、私は食事をしながら、おやじが子供の時この島で、よく泳いだという話を思い出した。

翌日もよい天気で、朝から海水浴客の泳ぐ音が聞こえていた。

この家のおかみが来られて、この頃は弁天島の付近にいる鱶《ふか》が、ちょいちょいやって来て、沖の方を泳いでいる人を食べるという話をした。そういわれれば、昨日町長さんが、明日は鱶を退治するについて懇談会があるので失礼するといわれたのであった。

その日の夕方、昨日の遊覧船で鞆へ渡って常磐館へ宿を取った。ここからは弁天島がよく見えるという事であった。

翌朝は早く目が覚めたので、廊下の椅子へ腰をかけていると、朝日が軟《やわら》かくあたって来て、朝の清らかな海の風が時々微かに吹いてくる。波の音は、耳を澄まさなければ聞こえない位であった。

『定本 宮城道雄全集 下巻』より　抜粋

解説

瀬戸内海のほぼ中央にある「鞆」は古くから海上交通の要衝地で、日本最古の歌集『万葉集』にも詠まれています。

『鞆の津』の「津」とは船が停泊する船着き場などのことで、「鞆の津」とは鞆の港のことです。港として繁栄してきたこの地には、今でも江戸時代の港湾施設の常夜燈、雁木《がんぎ》、波止場《はとば》、焚場《たでば》跡、船番所跡などが残っています。

八歳のころ失明を宣告された宮城道雄は、生田《いくた》流の箏曲《そうきょく》を学び、二十二歳の若さで箏曲界の最高位・大検校《けんぎょう》になります。その後、古典的な箏の音色に西洋音楽を融合させ、楽器を改良し開発もしました。これらの活動は「新日本音楽」運動と呼ばれています。古典箏曲の名演奏家であった道雄は、同時に作曲家としても活躍しました。その代表作が一九二九年に発表した『春の海』です。この曲は道雄が鞆の海をイメージして創作したといわれています。一九三二年にはフランスのヴァイオリニスト、ルネ・シュメーと『春の海』を協演し、世界的な名声を獲得しました。

宮城道雄は、一方で『雨の念仏』などの随筆家としても高く評価されています。

『鞆の津』は、宮城道雄が故郷と思っていた鞆を初めて訪ねたときの記録です。目が不自由だった道雄は、迎えの船に同乗している人々の話し声やエンジンの音などから、瀬戸内海の景観や地元の人情を書き記したのでした。

鞆の浦を一望できる医王寺などから瀬戸内海を見渡すと、港湾施設をはじめ「鞆公園」の島々が点在しています。かつて朝鮮通信使が「日東第一形勝」と絶賛した鞆の津の景観は、港の歴史遺産と融合し、文化的景観を今に残しています。

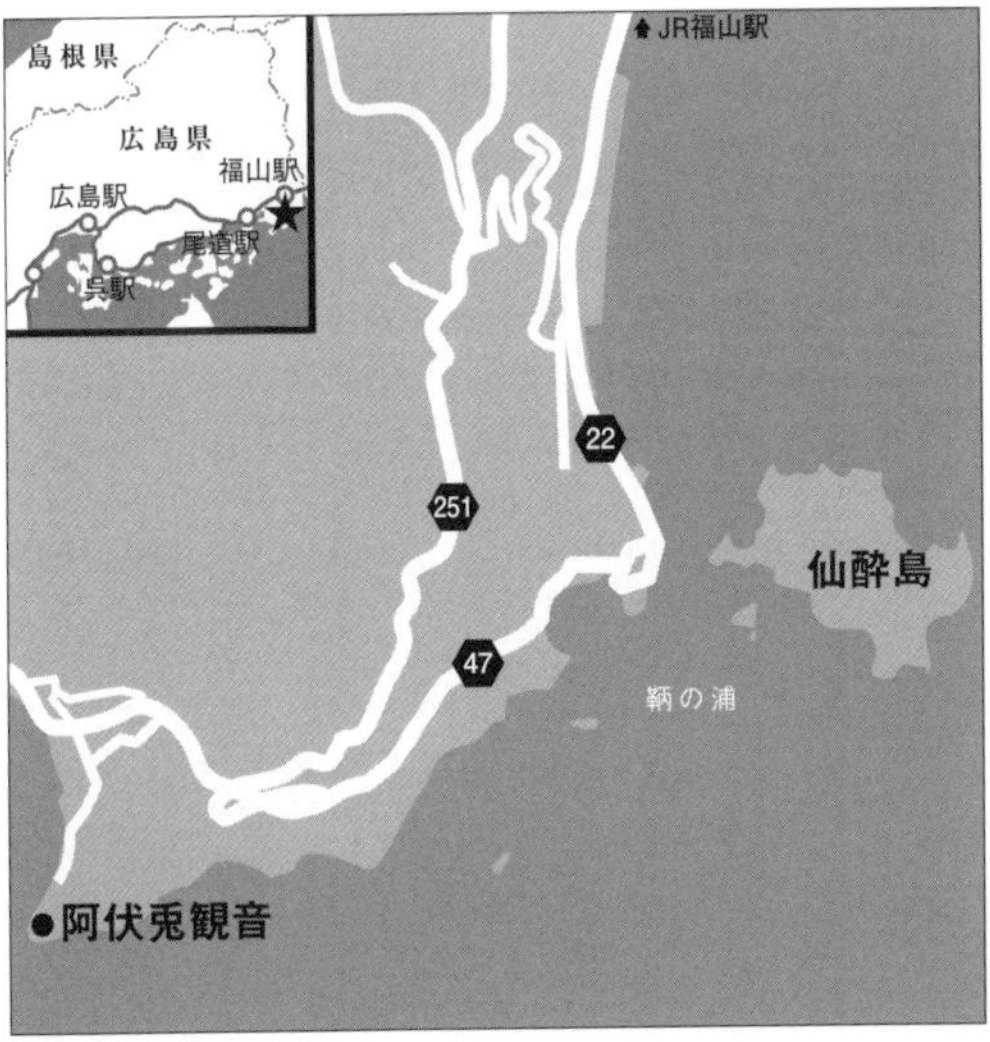

宮城道雄

(みやぎ　みちお) 1894〜1956

兵庫県神戸市生まれの作曲家。8歳で失明し、箏曲を生業に選び生田流箏曲の二代中島検校に師事。11歳で免許皆伝となり、14歳で最初の箏曲『水の変態』を書き上げる。自作や古典曲の演奏を行う一方、新楽器の開発を行い十七弦、大胡弓などを発明。文筆家としても評価が高い。

『定本 宮城道雄全集 下巻』
東京美術／1972年

仁保の人たち

宮本常一

　私が広島びとのたくましさを見たのはもう一つある。昭和三六年一一月のある日、私はまだほのぐらいときに広島に下車した。人にあうべき時間は一〇時だったので、それまでの間を仁保島《にほじま》へいってみようと思って駅からあるいた。仁保島はいまは陸続きになっているが、もとは島であり、島に住むものはほとんど漁民であった。その漁民たちは幕末の頃からさかんに対馬《つしま》へ出漁した。私は昭和二五、六年に対馬漁村の調査にしたがい、そこで多くの向《むかい》洋《なだ》・仁保島・横浜などから来た漁民の子孫にあった。皆実にたくましく働いた人びとであった。その郷里を見たいと思いつついつか一〇年あまりを経たのであるが、わずかの時間を得て、島であったころの本浦《もとうら》・渕崎《ふちざき》・日宇那《ひうな》・丹那《たんな》・大河《おおこう》をあるくことができた。

　そしてそこで見たものは漁村らしからぬ部落であった。家は密集していたし、道はせまかったけれども、一戸一戸の家は大きく堂々としたものが多かった。そして白壁をもっていた。白壁の家というのは富裕であることを示しているようなものであった。白壁の家ばかりでなく土蔵も多かった。決してまずしい漁村ではない。そしてかつてこの浦々がめざましい活動をしたことを物語っている。

もともと、対馬出漁のみで暮していたのではなく、カキの養殖などもおこなっていたのであろうが、地場の漁業のみで白壁の家をつくり、土蔵をもったとは考えられない。やはりたくましい意欲をもって海の彼方の遠くまで出ていったことが、この人たちを富ましめたものであろう。

それははなやかな勇気ある行動によるものとも言えるが、実は草の根のような執拗《しつよう》なものをもっていたからではなかったか。庶民の持つ、目だたないけれども不屈なエネルギーがそれをさせたのだと思った。そのエネルギーを私は岩をうがった防空壕にまず見た。おそらく火薬などでうがったものではなく、のみや、金槌、金梃子《かなてこ》などで掘ったものであろうが、かたい岩に奥深く穴をほり込んでいた。それはその穴に大きな長い竹を貯蔵していることで、深さを推定することができたが、このような岩に人力で穴をあけるのは容易ではない。こういう穴がいくつもならんでいるのなら兵隊が来てほったとも考えられる。しかし、これは村人が空襲のときかくれるために掘ったもののようである。通りあわせた女にきいたら、

「戦時中の防空壕ですよ、村の者がほったのですよ」

と笑って答えたが、やわらかい岩に穴をほったものならめずらしくない。またやわらかい岩のところも村の近くにある。そこにはほらないで、こういうところに穴をほったことに私は興味をおぼえた。ここの人たちには労をいとわぬものがある。そしてそのことを苦にしなかったのである。

私はその防空壕のそばを通り、日宇那《ひうな》の村の中の道をあるいて、村の裏の山の方へのぼっていった。そしてそこでもっとおどろくべきものを見た。

裏山は花崗岩《かこうがん》のぼろぼろになった地質で、そこに石垣をきずいて段々畑にしたところもあったが、地山《ぢやま》を段々にきりひらいて畑にしているところもあった。ぼろぼろになったといっても、もとは岩だったのである。岸には草もはえていない。平らになったところも土は浅い。その平らになったところへ、藁やイモヅルを敷きならべ、その上にわずかばかりの耕土、それも砂土をのせているのである。しかもその畑の中には笠一枚ほどの大きさのものも

ある。そういう畑でサツマイモをつくっている。いったいどれほどのイモがとれるのであろうか。勤勉といっていいのか、無駄骨を折っているといっていいのか。草さえもろくに生えぬような畑を作っているこの地の人たち。唯単《ただたん》にまずしくてそうしているのではない。それは家を見ればわかる。そういう畑をつくらずには居られないようなたくましさというか、ギリギリ一ぱいなものを彼らは持っている。彼らには不毛の地というものはない。不毛な地でも生色の地にするのである。しかもそうした畑の隅などに墓のあるのを見ると、心をいたましめる。生涯を海に生き、その生をやしない、またわずかばかりの畑を耕し、やがてそのやせた土の隅にみずからの骨をうずめる。またそういう生活にうたがいも持たず、不平ももたなかったがゆえに、ここに骨をうずめるのであろう。通りかかった道のほとりの墓のそばには新しい骨壷が二つおいてあった。おそらくその骨はそこに立っている墓に合葬せられたものであろう。この人たちにとっては、生きるということも、死ぬということも、ひそやかなものであったといっていいが、それは決して無気力なためではなかった。執拗に生きぬく力を持っていたのである。雑草のごとく生き、雑草のごとくはびこり、雑草のごとく執拗だった。そしてしかもここに住む一人一人は清潔であった。瀬戸内海各地を漂泊し、対馬あたりまで進出したのであるが、それぞれの土地の港に船をつけると、まず民家に宿をもとめ、風呂などにも入れてもらい、村に祭があれば晴着を着て祭にも参加した。そのため行利《こうり》一つはいつも船に積んでいたという。寺にお講《こう》のあるときは、漁を早目におえて港にかえり、寺へ参拝するものが多いという。それが旅の礼儀であり作法であると、海辺で働いていた老人がはなしてくれた。もともと地元の海がせまかったから他所の海でかせがねばならなかった。あしかしそと海も今はほとんどうばわれている。あの老人はいまどうしているであろうか。あのたくましい生活力はいま何に向って爆発しているであろうか。彼らの乗った漁船は小さかった。とくに対馬行をやめてからは大して改造することもなかった。渕崎《ふちざき》の岸辺につながれた船は動力化したものすらほとんどなかった。

それはカキ養殖にしたがったり、漁業する海がいちじるしくせばめられたためで、船を大きくする必要すらなくなっていた。

このあたり最大の漁業であったイワシ網すら昭和三〇年頃からだめになり、昭和三六年ごろにはもう海は彼らの真の稼ぎ場ではなくなりかけていた。

『私の日本地図 4・瀬戸内海Ⅰ 広島湾付近』より 抜粋

解説

宮本常一は、地球を四周するほどの旅を重ねた民俗学者です。大学退職記念講演で「何を一番やりたかったのかというと、それは瀬戸内海の研究だったのです」と語っています。山口県の周防《すおう》大島で生まれた常一にとって、瀬戸内海は故郷の海であり日本各地を訪ねて歩く旅の原風景の地として、生涯の研究テーマだったようです。

宮本常一は、一九三九年に柳田国男と渋沢敬三に認められ、上京して後に日本常民文化研究所となる機関の研究員となり調査を開始しました。足跡は日本列島の隅々に及びますが、各地に留まっては人々の話に耳を傾け、地元に残る文献を読み農具や民具に目を向けて、詳細な調査と推理とを重ねていきました。訪ねた先では農業や生活改善にかかわる教育指導を実践し、調査研究は社会・経済・文化領域を横断するなど、宮本常一ならではの独特な民俗学を確立しました。

仁保は、今から三五〇年ほど前までは広島湾頭に浮かぶ仁保島の一部で「仁保七浦」といわれる漁業集落でした。一六六二年の埋め立てにより広島城下と地続きになり、一八八九年には安芸郡仁保島村となり、一九二九年に編入合併されて村域すべてが広島市仁保町となりました。一九三〇年代には衰退する綿花栽培に代わって蓮根栽培が拡大し、蓮畑が代表的な景観になります。原爆投下時は、爆心地から四キロメートル以上離れていたので直接の被害は僅少でした。戦後は猿猴川《えんこうがわ》河口の埋め立てが再開され、一九六三年には柞木《ほうそぎ》沖合が埋め立てられますが、猿猴川の水質悪化で、江戸時代から広島藩有数の産地だった海苔・カキなどの養殖が衰退していきました。

「仁保の人たち」は、こうした歴史が染みこんでいる仁保の自然と文化を、写真と文によって紹介した瀬戸内海の生活文化誌といえるでしょう。

宮本常一

（みやもと　つねいち）1907～1981

山口県周防大島生まれの民族学者。大阪府天王寺師範学校（現在の大阪教育大学）卒業。柳田国男や渋沢敬三に師事して民俗学を学ぶ。戦前から高度成長期まで日本各地でフィールドワークを続け1000軒以上の民家に宿泊し、膨大な記録を残した。本人が残した調査記録の多くは『宮本常一著作集』に収められる。

『私の日本地図 4・瀬戸内海 I　広島湾付近』
同友館／1968年

鹿老渡《かろうと》（広島県安芸《あき》郡倉橋《くらはし》町）

宮脇俊三

音戸《おんど》ノ瀬戸に橋が架かり、倉橋島《くらはしじま》が本州とつながったのは昭和三六年一二月である。開通日の朝、音戸町の町長がラジオのインタビューで、

「これで島の者と言われなくてすむようになりました」

と、涙声で語っていたのが強く印象に残った。

それいらい倉橋島の名は脳裡《のうり》にこびりついているのだが、あいにく私の旅への志向は鉄道に偏していて、島とは縁が薄かった。呉《くれ》線の車窓から倉橋島の島影を望むことはあっても、渡ろうとはしなかった。

私が鉄道にばかり乗って船に乗らず、島へ渡らなかった事情などは、どうでもいいけれど、鉄道の出現が交通の拠点であった島々の地位と繁栄を奪ったことはたしかであって、私など、

そうした交通史の変遷の小さな落し子かなとも思う。

船が輸送の主力であった時代は、島か本州かは問わない。条件のよい港さえあればよいのである。

倉橋島も、山陽道に鉄道が敷設《ふせつ》され、蒸気船が出現するまでは帆船の拠点として栄えていた。その南端にある鹿老渡《かろうと》へ、これから行こうと思う。「かろうと」とは、外国船の碇泊《ていはく》するところ、つまり「からどまり」がなまったものだという。外国船が碇泊するほどだから、瀬戸内海航路の主要な寄港地だったわけで、北前船などの帆船が群がって沖が見えなくなるほどの賑わいを示し、遊女屋が軒を並べていたと伝えられている。しかし、現在は戸数一〇〇軒ほどの淋しい漁村である。

倉橋島の鹿老渡へのバスは呉《くれ》から出る。一日三往復で、14時46分発が最終便である。このバスに乗るべく、三月二日(昭和六二年)、東京発8時12分の新幹線で出発した。関ヶ原付近の雪で二五分ほど遅れて13時30分、広島着。雪での徐行運転は計算に入れて早目の列車に乗ったのだが、最終バスに乗り遅れると大変なので、徐行中は気を揉《も》んだ。

広島発13時44分の電車で江田島《えたじま》を右窓に眺めながら旧軍港の呉へと向う。このあたりは戦前の「要塞《ようさい》地帯」で、海側の窓を閉めさせられたものだ。五万分の一の地図も市販されず、その機密地域は倉橋島にも及んでいた。

呉着14時21分。駅前には呉市営バスの乗り場が並んでいる。昼下りの時間帯で、どの乗り場も閑散としていたが、「音戸・倉橋島方面」だけは三〇人ぐらいの客がたむろしている。昼下りの時間帯なので、老人や主婦が多い。

バスは14時46分の定刻に発車した。繁華街に停車すると、通路まで客でいっぱいになった。終点の鹿老渡まで行く客が何人いるのかわからないが、スタートは盛況である。整理券箱の脇には、

「みかん箱一個につき普通料金の半額をいただきます」

の貼紙がある。倉橋島はミカンの産地である。

市街地を出はずれると、海上自衛隊の諸施設、つづいて造船所群が現れる。巨大なドックやクレーンが並んでいるが、不況を反映してか、建造中の船はほとんど見られない。

造船所や製鉄工場の重工業地帯を過ぎ、ようやく海岸に出たと思うと、音戸大橋にかかる。テープの声が、

「カーブがつづきますので、ご注意ください」

と告《つ》げ、バスは岬の突端の斜面を「の」の字を描きながら上る。船の航行の邪魔にならぬよう、水面上二三・五メートルの高い位置に橋が架けられているのである。

橋上から見下ろす音戸ノ瀬戸は潮の流れの速いことで有名だ。潮が騒ぎ立ちながら流れるさまがバスの窓からでもよくわかる。

音戸ノ瀬戸の幅は、わずか八〇メートル。たちまち渡り終え、こんどは螺旋《らせん》状の取付道路をぐるぐると三回も回りながら下りる。眼も回る。下りたところが音戸の町で、道端の海中に「清盛塚《きよもりづか》」がある。通路の客の肩越しに覗くと、石垣の上に宝篋印塔《ほうきょういんとう》と形のよい松がチラと見えた。

音戸ノ瀬戸の開削は平清盛がみずから指揮し、延べ六万人を動員して、わずか九カ月の工事で永万元年(一一六五)に完成させたという。人柱の代りに石に一切経を刻んで埋めたとも伝えられている。

とすれば、音戸ノ瀬戸が切り開かれる以前の倉橋島は、島ではなくて半島だったということになる。しかし、万葉集巻十五に見える「安芸国長門島《あきのくにながとのしま》」は倉橋島のことであり、平安時代には「鞍橋島《くらはし》」と呼ばれている。清盛による開削は、半島を切ったのではなく、海峡の幅を広げ、海底を掘り下げて船が通れるようにしたということなのだろう。

音戸では半数の客が下車し、数人が乗った。もう立つ客はいない。これから終点の鹿老渡までは約一時間かかる。道が曲折しているせいもあるが、倉橋島は面積六八・六平方キロあり、瀬戸内海では小豆島《しょうど》、屋代島《やしろ》につぐ大きな島なのだ。

バスは「生カキ発送」などの広告が目立つ音戸の家並を抜け、北へ突き出た双見《ふたみ》ノ鼻《はな》を回る。さていよいよ倉橋島の鄙《ひな》びた風情が展開するぞと期待しかけると、広い埋立地が現れ、都市近郊で見かけるような新住宅が建ち並んでいる。音戸大橋が開通していらい、代々の仕事に見切りをつけ、呉市の会社へ通勤する島民が激増したという。そうした人たちの住宅なのだろう。若奥さんといった感じの客や小学生が何人か降りた。

ようやく車内が空《す》き、客もおばさんや老人ばかりになって、ローカルバスらしくなってきた。

バスは海岸線に張りついて走る。海上には島々が入り乱れて、瀬戸内海ならではの眺めである。山側は石垣を積んだミカンの段々畑だ。

岬を回ると入江で、奥《おく》の内《うち》という集落がある。もう新住宅はほとんどない。湾内には養殖カキの筏《いかだ》が浮かび、背後の山はミカンの段々畑である。

奥の内まで東海岸の県道を走ってきたバスは、海から離れて西海岸へ向う。このあたりは倉橋島の胴体のくびれた部分で、幅はわずか二キロ。音戸町と倉橋町の境になっている。そのくびれた地峡のようなところを、ちょっと走ると西海岸の釣士田《りょうしだ》に入る。古い入母屋《いりもや》づくりや白壁の家の多い漁師町だ。小さな造船所もあって、木造の小型漁船を組み立てている。降りてみたいと思うが、最終バスだから下車するわけにはいかない。

釣士田から黒い制服・制帽の明治時代の鉄道員のような服装の爺さんが乗ってきた。潮風に吹かれてきた人たちは齢《とし》より老《ふ》けて見えるものだが、それを割引いても七〇歳に達しているだろう。が、「添乗員」と書かれた白い腕章を巻いている。

西海岸に出たバスは、しばらく入江の岸辺を走ると、山中に入って峠越えにかかる。倉橋島は説明しようのない形をしているので地図を見ていただくほかないが、西へと出っ張った部分を南へと横切るのである。

山へ入ると道は曲りくねった上りとなり、道幅も狭くなる。段々畑もなく、人家もなく、山奥に分け入る感じで、島にいるとは思えない。山肌には赤褐色の花崗岩《かこうがん》の塊りが露出し、転げ落ちてきそうだ。車窓からはまだ見かけないが、倉橋島は石切場の多いところである。対向車が来る。道幅が狭く、カーブが連続しているので、すれちがうのがやっとだ。バックすることもある。老添乗員が「後部オーライ」と大声で叫ぶ。

宇和木《うわき》峠という面白い音の峠を越えると、下りにかかり、南に面した入江と、やや大きな集落が見えてくる。絵のような、と形容したくなる眺望だ。この集落の名は「倉橋」であるが、島の名と紛らわしいからであろうか、「本浦《ほんうら》」と呼ばれており、町役場前のバス停も「本浦」であった。

本浦で客の大半が下車し、がら空きになったバスは、ふたたび海岸を行く。終点の鹿老渡まで、あと二〇分ぐらいである。

見事な松林がある。桂浜《かつらはま》という景勝地で、古さびた神社もあり、万葉集の「わが命を長門の島の小松原幾代を経てか神《かむ》さびわたる」はここで詠《よ》まれたという。

バスはミカンの段々畑に被われた岬や入江をめぐり、室尾《むろお》という集落に入る。新しい病院やスーパーマーケットなどがあり、やや開けた漁村だが、三味線を弾く人が非常に多いのだそうだ。平家の落人《おちうど》が住みついたからとする説もあるという。下車してみたいが、これまた降りるわけにはいかない。

室尾で、残っていた客のほとんどが下車したが、代って幼稚園児の集団が元気よく乗りこんできた。老添乗員が、

「立っとっちゃ危いぞ、ちゃんと坐れ」

と怒鳴る。

ミカン畑は続いているが、立枯れの木が目立ってきた。倉橋島の南端部で、風が強いからであろう。

バス停ごとに幼稚園児が降りて車内が静かになる。と、発車しかけたバスが停まり、運転手が、

「この子、眠っとるわ。うしろへつれてってやんな」

と言う。見ると最前部に坐った園児がコクリコクリとやっている。急ブレーキをかければ

前の鉄棒に頭をぶつける席だ。老添乗員が子どもを抱き上げて後部の席へ運ぶ。

入江に抱かれた鹿老渡の家並が見えてきた。と、またバスが停まり、運転手が窓の外へ首を出して、

「乗ってきな、タダでええわ」

と叫ぶ。一人のおばさんが、大きに、と言いながら乗ってくる。

16時20分、鹿老渡に着いた。客はタダ乗りのおばさんと私を含めて、おとな四人、園児三人であった。

心地よい潮風に吹かれながら集落のほうへ向いかけると、もう一つバス停の標識が立っている。見ると、倉橋町営バスの停留所で、室尾行と鹿島行の時刻が書いてある。鹿島はこの先にある面積三平方キロほどの島で、鹿老渡とは橋で結ばれている。呉市営バスは鹿老渡が終点なので、鹿島の人たちのために倉橋町が独自にバスを走らせているのであろう。

こういうバスがあるとなれば、もちろん乗りたい。一日三往復で、鹿島行の最終は15時30分となっているから、きょうは乗れないが、あすの8時10分に乗ればよい。

鹿老渡は、山と山との鞍部《あんぶ》の平坦な砂地の上にある。東側の山は、かつては島で、それが砂でつながったにちがいない。

そうした地形なので、港は北と南に二つある。入江に抱かれた北側の日ノ浦港は、帆船の群が風待ちをしたところであり、南側の安芸灘《あきなだ》に面した下浦港《しもうら》は堤防で囲われた新しい漁港である。

砂地の上の鹿老渡の集落は坂がなく、路地は碁盤目で整然としている。

ひっそりとした家並を歩く。ナマコ壁や倉づくりの家が多い。新しい家もあり、古い家でも窓はアルミサッシであるが、全体としては、さびれた漁港の風情が漂っている。

その一角に「津和野屋」という大きな古い商家がある。二重屋根の母屋《おもや》、二つの倉があり、かつては大いに商売繁盛したのであろうが、いまは無人となり、白壁が剝《は》げ落ちている。

津和野屋から西への道の両側には二階から欄干の張り出した家々が並んでいる。遊女屋のつくりだ。

その先に白壁に二重屋根の立派な屋敷があり、玄関の軒に「お宿」と書かれた大きな提灯が下っている。これが今夜の宿の「民宿宮林旅館」である。玄関の格子を開けて入ると、広い土間と倉の扉がある。旧家の勝手口に足を踏み入れた感じだ。

きょうはお客さん一人だけですよ、と愛想よく笑うおかみさんに招じ入れられると、座敷の欄間には槍《やり》が何本も吊り下げられ、頼山陽《らいさんよう》の書もかかっている。池泉を配した庭もある。二五〇年前に建てられたもので、日向《ひゅうが》の殿様の参勤交代のおりの常宿だったという。

さっそく散歩に出かける。ちょうど干潮で、日ノ浦港の浜では、幾人もの人たちが岩についた天然のカキを手鉤《てかぎ》で獲っている。引き潮で浜にとり残されたナマコを拾うおばさんもいる。

夕食の膳は港の宿にふさわしく海の幸ばかりが存分に並んだ。それを全部書くと大変だから盛合せ刺身の内容だけにとどめよう。

大グチ(ヒラメの一種)、芝エビ、イカ、サヨリ、アナゴ、タコ、赤貝、トリ貝、エシ(巻貝の一種)、イサバ(小型のフカ)。

アナゴの刺身ははじめてであった。生きているやつでないと刺身にはできないのだそうだ。

翌日。8時10分の町営のマイクロバスで鹿島へ渡る。約一〇分で島の西岸の砠之元《はえのもと》という漁村に着き、ここで引返す。往きは私一人であったが、帰途は老人と幼稚園児で満員になった。老人たちは室尾の医院に通っているのである。鹿島にも鹿老渡にも医者は一人もいないのだそうだ。

あわただしく鹿島を往復してから、きょうは暇ですからと言う宿のおかみさんに案内されて、東側の岬の上の番所(船の見張所)跡へ登ったり、難破船《なんぱせん》から打ち上げられた遺体を葬った無縁仏の墓を見て回ったりする。

それにしても鹿老渡は祠《ほこら》や地蔵さんなどの多いところだ。神社と寺は一つずつだが、一〇〇戸ぐらいの小さな集落なのに、路地のあちこちに荒神さまや海の神などが祀《まつ》ってある。

「古い港の土地柄でしょうか。鹿老渡の人たちは信心深いんですよ。ですからね、本浦や室尾や鹿島で赤痢などが発生しても、鹿老渡からは患者が出ないのです。疫病の神さまは鹿老渡をよけて通ってくれるんだって、そう言われてますのね」

そう言って、おばさんは笑った。

『ローカルバスの終点へ』より　抜粋

解説

宮脇俊三の「鹿老渡」は、様々な方法によって移動することが可能になった現代社会の中で、ローカルバスという交通手段を使ってしか見えない風景や暮らしがあることを知らせてくれます。

「鹿老渡」は、宮脇俊三が著したバス紀行ノンフィクション『ローカルバスの終点へ』に収録されています。この作品は、鉄道紀行作家で、鉄道を愛用しながら旅を続けてきた宮脇俊三が、鉄道の通わない僻地へとローカルバスに乗車して繰り広げた紀行を記したものです。「乗りものでは鉄道がいちばん好きであるけれど、路線のキメ細やかさではバスに敵わない」と感じていた著者が、「鉄道では行けない山村や漁村へ通じている」ローカルバスを使って、全国各地の二十三の終点を目指したのでした。一九八七年に、月刊誌『旅』の一月号から二年間にわたって連載されました。

鹿老渡は、船による移動が中心だった時代には大いに栄え、江戸時代には九州の大名が参勤交代のときに潮待ちをした港でした。今も江戸時代に建てられた本陣屋敷が、民宿として残っています。道が碁盤の目のように区割りされた、風光明媚な港町です。

宮脇俊三は、一九七八年に『時刻表2万キロ』を刊行し、鉄道に乗ることを趣味にしている人間が存在することを世間に知らしめました。二作目の『最長片道切符の旅』では「最長片道切符」を世の中に広く知らしめ、一連の作品によって鉄道紀行文学というノンフィクションの新分野を切り開いたのでした。その作家によるローカルバスの旅では、観光地とは別な地元民の会話や日常生活に触れる楽しさが語られています。バスでも鉄道でも、ローカルであることの魅力とは、病院や学校に通う高齢者・学生たちや労働の現場に出会うことかもしれません。

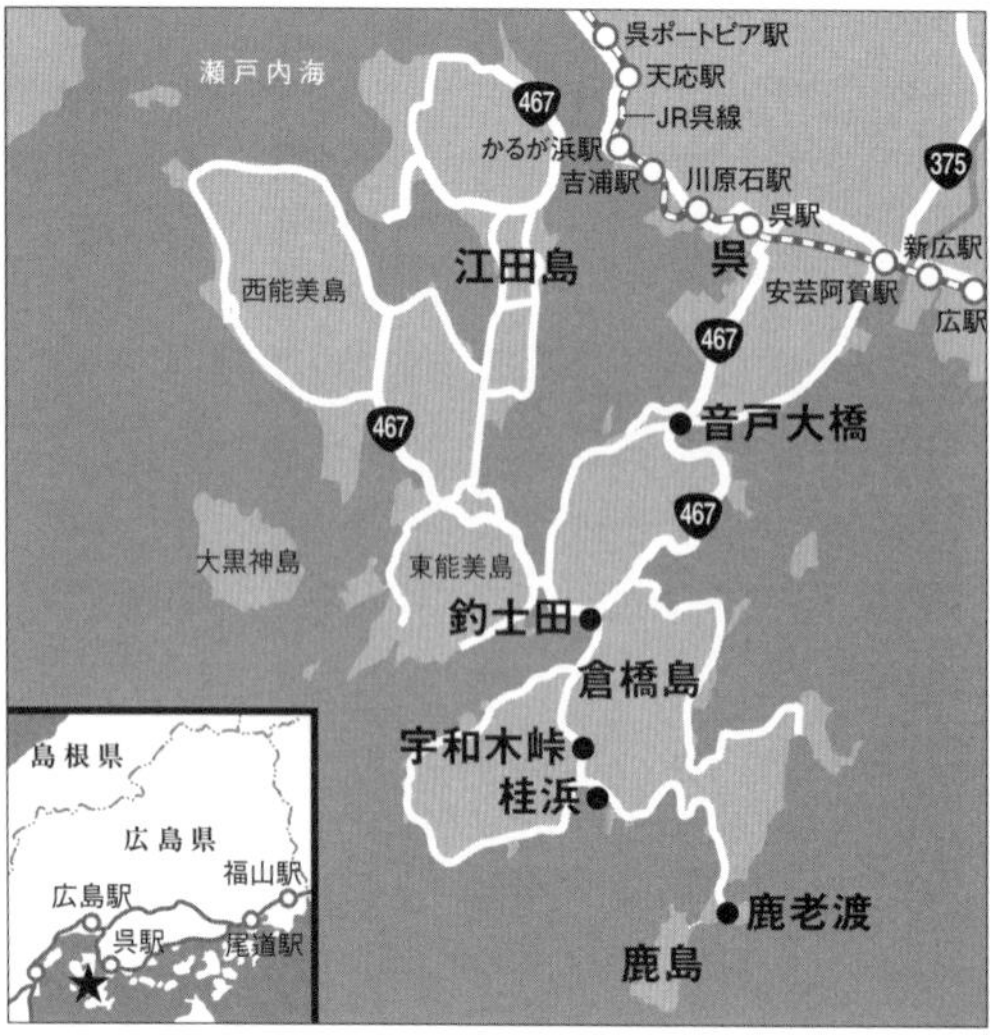

宮脇俊三

（みやわき　しゅんぞう）1926～2003

埼玉県川越市生まれの紀行作家。東京大学卒業。『中央公論』編集長、編集局長、常務取締役などを歴任する。国鉄全線を完乗するなど鉄道好きで知られ、1977年に鉄道紀行『時刻表2万キロ』で日本ノンフィクション賞を受賞。その他にも『時刻表昭和史』『時刻表ひとり旅』など鉄道に関する著書を多数執筆した。

『ローカルバスの終点へ』
洋泉社／2010年

祭り

ちよ、ちかね

てんがく
てんがろ

管絃祭

竹西寛子

お母さん、「オカゲンサン」を見に行きたくない？

有紀子は、セキに着替えさせた浴衣や下着をベッドの下で丸めると、娘の手許《てもと》を覗《のぞ》き込むようにしていわるセキを意識しながら、わざと陽気な声でそう言った。癌《がん》の再発が、医者から有紀子たち患者の家族に知らされて間もない頃である。この頃のセキは、最初の手術の時の執刀医が勤めている病院に時々通うだけで、まだ、自宅で寝んだり起きたりの生活だった。

陰暦六月十七日は、厳島神社の管絃祭である。鳳輦《ほうれん》に移した神社の御霊代《みたましろ》を、高張提灯《たかはりちょうちん》や雪洞《ぼんぼり》、幟《のぼり》、幔幕《まんまく》で美しく飾った御座船《ござぶね》に安置し、夕刻から深夜にかけて、三艘《そう》の漕ぎ船が曳船《ひきぶね》となって摂社末社《せっしゃまっしゃ》めぐりをするこの海上の祭りを、有紀子たちは、幼い頃からずっと「オカゲンサン」と呼んでいた。別の土地の人に向っては「管絃祭」と言っても、家の中でそういうと、何か別のことを言っているような感じがした。

有紀子は続けた。

お母さんはどうか知らないけれど、私ね、どういうわけかこの二、三年、夏になるとふっと「オカゲンサン」を見たいなあと思うのよ。ねえ、思いきって出かけてみない？　飛行機が無理だったら、自動車と新幹線で。それも途中、京都、大阪で中休みしてなら大丈夫じゃないかしら。今年無理なら来年でもいいし。

セキは、すぐには返事をしなかったが、いっとき経ってから、
この娘《こ》は、まあ、何を言い出すのか思うたら。

と言うとまた黙り込んでしまった。

ひとたびは癒《なお》ったかに思われたセキの癌は、医者にも珍らしい例だと言われるほどの長年の静まりを見せたが、心臓の発作を起すようになってからのセキは、気管支炎にも悩まされ、驚くほどよく汗をかいた。寝間着を取り替えようと言うと、まだいいと言って襟元《えりもと》をしっかり押え込む。度々取り替えれば水洗いだけでもすむから、そんなに手間はかからないわよと言いながら、有紀子は無理矢理脱《ぬ》がせにかかるのだが、セキは有紀子への気兼ねだけでなく、

事実、次第に面倒になってもいるらしかった。

心電図をよく診《み》てもらってから出掛けるの。私だけでなく、浩ちゃんも一緒にいれば安心でしょう。兄さんに頼んでおいてもらえば、向うに着いてからお医者さんを探す必要はないし。

有紀子が畳《たた》みかけるように言うと、セキは腹立たしげに言った。

このからだで、行けるわけがないでしょうが。それに、私が行けば足手まといになってあんたを草臥《くたび》れさせてしまう。会社と私とで、今でさえへとへとなのに。そんなに行きたかったら、一人で行って来るがええ。

有紀子は、セキを連れて、今一度広島の土を踏むのは、多分もう望めないことだろうと思っている。このところ次第に足許が怪しくなり、何かと気短かになり、又、そういう自分に焦《じ》れたり、はっきり腹を立てたりしているセキを見ていると、そう思わずにはいられない。

一昨年は、寝たり起きたりしながら、それでも昼間、レース糸でせっせとテーブルクロスを編んでいた。それも随分大きなもので、不公平にならないように、三人の子供に一つずつ渡すのだと言って張り切っていた。あまり根を詰めるので、有紀子は糸を買って来るように言われても、わざと忘れたと言って帰ったものだ。

去年はまだ、朝、自分の手で雨戸を明けようとする元気があった。新聞も待ちかねていて、ベッドに差し出すと、すぐに眼鏡を探していた。

それなのに、この頃は、と思うと、なおさら景気のいいことを言ってみたくなる。短気や不機嫌は、本人が聞かされている医者の言葉に反して、何か軀《からだ》の異常に気づきはじめた母が、内心不安に思ったり、怯《おび》えたりしているせいかもしれない。有紀子は、再発という、医者の通告に内心では動転しながら、セキの無気力を何とかして突き破りたかった。何とか上向いてもらいたかった。

ベッドのセキは、肘枕《ひじまくら》をしたまま、有紀子の顔色をうかがうようにして言った。

そんなに「オカゲンサン」が見たいか？　今時あの祭を見て、どうなるものでもないのに。

と、終りは吐き捨てるように言ったが、その言い方に、有紀子は、自分とは較べようもないセキの、焼ける前の広島への愛着を汲んだ。

出鼻《でばな》は挫《くじ》かれたが、夢と知りながら一緒に夢みるふりをされるよりも、にべもなく打ち毀《こわ》されたほうがかえって気楽だという面もある。その打ち毀す力に、有紀子はまだいくばくかのセキの気力を見、そこに賭けたいとさえ思った。

セキは寝返りを打つと、天井を見上げて言った。

やっぱり、ああいうものを見たがるのかねえ、あんたは。まあ、見たいものは、見られるうちに見たがええ。私のことは心配せずに、一人で行ってくることじゃ。誰にも遠慮はいらん。行ったがええ。行ったがええ。

そう言ったセキが、ベッドを片付けた今もどこかにいるような気がする。

会社へは、前以《まえもっ》て、七月下旬に少し長い休暇をとる予定が出してある。新幹線の切符を手に入れると、久しぶりで有紀子に期待がよみがえった。

陰暦で決められた管絃祭は、現行の陽暦では日が一定しない。それでも毎年七月の中旬から八月初め頃までの間というのが大体の見当だった。

日中戦争もまだ勝ち戦《いくさ》だった頃、有紀子たちは、夏になると宮島の家に移った。祭の日は昼間から浴衣を着せられ、お茶や重箱、お酒などを持って、夕方から家中で物見船に乗るのを待ち侘《わ》びたものである。前夜から、島の旅館には祭見物の客が大勢泊り込み、大鳥居や神社のわきは、近隣から寄って来た漁船や物見の船で賑わった。

祭当日の夕刻、大鳥居前の儀式が終って、いよいよ御座船の巡航が始まると、祭見物の船もいっせいに動き出して日没の海で場所を争った。三艘の和船を縦に組み並べて一艘ふうに仕立て、上に座を張って屋形を拵《こしら》えた御座船には、神官、楽人のほか、大勢の水主《かこ》も乗り込んでいる。

巡航は、約四キロメートル離れた対岸の地御前《じごぜん》神社に向って始まるが、そこで神事を終え、再び宮島に引き返して長浜神社、大元神社と巡り、御座船が大鳥居下から厳島神社本殿に向う頃には、大てい、本殿背後の山上に月が高くのぼっていた。それぞれの社前海上で、神事の都度管絃の演奏が行われるところから管絃祭の名がついたと有紀子は聞かされていたが、祭の起源についいては、安芸の守だった平清盛の始めた船管絃らしいということのほかは、ほとんど知らないのも同じだった。

花火の打ち上げられる星空の下を、大小の漁船や物見の船を従えながら、篝火《かがりび》の火の粉を撒《ま》いて御座船の進む「オカゲンサン」の海は、鯉城や練兵場、護国神社や泉邸、本通り、あるいは又軍需工場、焼跡、爆風で破壊された教室、雨漏りのひどい家などと同じように、有紀子がかつて幾時かをそこで生きた暮しの場であった。そこにいて当り前の場所であった。生活の部分であった。だからというわけでもないが、広島にいた間は勿論のこと、東京に住むようになってからも、「管絃祭」について特別研究したこともなければ、いつか研究したいと思ったこともなかった。

戦争中に一旦は中断されたこの祭も、敗戦の翌々年には復活しているが、当時の生活は「オカゲンサン」どころではなかったし、そのうちに東京に出てしまった有紀子は、もうずっと祭を見ないまま今日に至っている。それなのに、父とも母とも死別した今、何はさておきこの目にしたい広島が、この耳にしたい広島が「オカゲンサン」の海だというのは、有紀子自身にもよくは説明のつかないことであった。どうぞ、当日は晴れてくれますように。有紀子は心から、祭の夜の月明を祈った。

すでに夏の陽は落ちて、穏やかな地御前の海もようやく昏れた。

磯松の林に囲まれた地御前神社の本殿には、白地に黒の菊と、三亀甲剣花菱《きっこうけんはなびし》の紋様を配した祭礼用の幕が張りめぐらされ、社前の海岸は、管絃祭の御座船を待つ人々で埋まっている。午後七時頃、潮の香のたちこめるこの神社の境内では、紅白の市松模様に黒襟の法被《はっぴ》を着た江波《えば》の若者十数人が、黒手甲《くろてっこう》、黒脚絆《くろきゃはん》、それに白足袋のいでたちで太鼓に合わせて歌と踊りを奉納したが、今、境内はすっかり静まって、松林の奥を間遠に通り過ぎて行く電車の響ばかりがあたりに高い。

さし潮が次々に柔らかな縞目をつくって岸に寄せるひと続きの水面の彼方には、航行中の船の灯りが点滅して、その向うに、似島《にのしま》、江田島、能美島《のうみじま》などの瀬戸内海の島が黒々と重なり合っている。

有紀子は、肩揚げをした浴衣の女の子と、土地の人らしいこれも浴衣着の老人とに挟まれて海岸にうずくまったまま、まだ星の出ない空を心配そうに見上げた。女の子は、傍の母親から、御座船に投げるお賽銭《さいせん》の玉を渡されると、それを右手の掌に固く握りしめて、足許《あしもと》に寄る蚊を、時折左手でぴしゃりと打っている。

海路約四キロメートルの隔《へだ》りとはいえ、この地御前海岸からは一番近い右手南方の島が宮島で、ここは古くは齋《いつき》の島、神の島とよばれて人も住めない島であった。厳島神社を内宮《ないくう》と称《よ》び、地御前神社を外宮《げくう》とも称ぶのは、祭神が同じで、かつて参詣の人々はその都度地御前から船を出し、時化《しけ》で船の出せない時は、この神社の拝殿を遙拝所《ようはいしょ》としたからだと有紀子は島の古老に教わったことがある。

午後八時になったが、相変わらず星は出ていない。それでも有紀子には、気のせいか、少しずつ空が晴れてきたように思われる。

八時を少し過ぎた頃、地御前沖に一旦停っていた御座船に灯が入り、地御前側の迎えの御用船の案内で人々の待つ岸に向って来るのが見えると、海岸ではいっせいに歓声と拍手が起った。立ち上って身を乗り出す有紀子の耳に、船中から、龍笛《りゅうてき》、太鼓、鉦鼓《しょうこ》の新楽乱声《しんがくらんじょう》が聞えてきた。

何年ぶりで耳にする乱声であろう。舳先の左右に篝火を焚《た》き、白鉢巻の水主《かこ》が棹さす御座船では、鳳輦《ほうれん》前の雪洞《ぼんぼり》や、艫《とも》に掲げた四個の高張提灯、二十数個の飾提灯のことごとくに灯をともし、その灯を暗い海に映しながら、船ははなやかな灯の館となって静かに社前に近づいて来る。

御座船の進路を避け、黒ずんだ影のようになって近くの海に停っていた大小の船が、大鳥居沖から御座船を追って来た漁船や物見船に紛れて灯の館に近づこうとするのを、曳船に分乗した江波、阿賀の若者たちが、櫓《ろ》や櫂《かい》を振り上げて制している。

楽が止んで、御座船が地御前神社の社前に入った。舳先に立つ宝剣、玉鉾《たまぼこ》には、五色の細布が結びつけられている。間もなく御座船の神官によって献饌《けんせん》、祝詞奏上《のりとそうじょう》などの神事が行われ、それが終ると待ち構えたように、陪乗の楽人たちの管絃が始まった。笙《しょう》、龍笛、篳篥《ひちりき》、鉦鼓、羯鼓《かっこ》、太鼓、倭琴《わごん》、箏《そう》、琵琶《びわ》による雅楽の演奏である。有紀子の隣にいた女の子が御座船に向ってお賽銭を投げると、堰《せき》を切ったようにあちらからもこちらからもお賽銭が飛んだ。

最初に、唐の則天武后《そくてんぶこう》の作曲といわれる「三台塩《さんだいえん》」が、ついでこれも唐の太宗の作曲といわれる「五常楽《ごしょうらく》」が奏されたが、「陪臚《ばいろ》」に移ると、御座船は曳船によって静かに岸を離れ、楽の音を海に響き渡らせながら三回廻るので、有紀子は出の龍笛を聞くと篳篥の入りまでは待たず、急いで人垣を潜り抜けて、予《あらかじ》め頼んでおいたはしけの主を探した。

優雅に、「陪臚」の曲が終った。御座船は、やがて「慶徳《けいとく》」を奏しながら、次の巡航先長浜神社に向かって出発した。

星が出た。九時十分前である。

雲が切れ始めて、行手の島影の上にほんの少し橙色《だいだいいろ》の月が現れた。有紀子は、乗り合った人の動きで揺れる船の縁にしがみついて夜空を仰いだ。島でも陸でも花火が打ち上げられている。

風が出て、波にいくらかうねりが出た。舷を擦り合ったりぶっつけ合ったりして御座船を追う有紀子たちの船の囲りに、いつの間にか何艘もの納涼船が加わっている。場所を争って衝突するのは物見の船と船ばかりではない。物見の船と御座船もしばしば舷を打ち合った。三艘の曳船は、闖入《ちんにゅう》する船から御座船を守るのに、狂ったように健気に動き廻っている。掛声と罵声が飛び交った。自力を持たない御座船は、舳先のすぐ両側に焚かれている篝火の火の粉を枝垂《しだれ》柳のように海面に撒きながら、ひとり静謐《せいひつ》を守って、曳船を頼りに長浜への接近を待っている。有紀子は幾度も水しぶきを浴びた。

気がついてみると、有紀子たちの船は船団の外《はず》れに退いていた。海面にじっと目をこらすと、時々あまり大きくない魚が弧を描いて飛ぶのが見える。有紀子は、今なら、水の上を静かに歩いて行けるような気がした。

迎え火を焚いて、白衣の神官が出迎えに立っている長浜神社の、岸の鳥居前に御座船が着いた時には、もう九時半を過ぎていた。神事のあと、雅楽「越天楽」が始まった。山上の月を見ながら海上で聞く音楽には、音が、片端から攫《さら》われてゆくような哀れもあるけれど、それだけに、一つ一つの楽器の音色にかえって強く追い縋《すが》りたくなるような愛着も、有紀子は唆《そそ》られている。その、海上の音楽の中で繰り返される箏の閑掻《しずがき》を聞いているうちに、有紀子は、箏を弾く白衣の楽人の背に、ふと母のセキの後ろ姿を見た。はっとしてよく見直すと、セキの隣に坐っている人も、又向い合っている人たちも、生前みんな有紀子の親しかった広島の死者である。彼等は例外なく経帷子《きょうかたびら》を身につけ、目を閉じて坐ったまま、かすかに微笑んでいるかのように見える。えも言われぬ名香と優雅な管絃の音につつまれて、確かに彼等は微笑んでいるようにも、しかし又涙しているようにも見えた。

奏楽の切れ目に我に返った有紀子は、海の上に目を移すと思わず「お母さん」と心の中で呼び、「お父さん」と呟《つぶや》いた。父といわず母といわず、火に追われ、火に焼かれた友達といわず、この世に生を享《う》けた者誰一人として逃れることのできなかった死が自分にも訪れる時を、有紀子は、この管絃祭のはなやぎにいて、いまだかつておぼえのない切実さで思い描いていた。

「越天楽」は、箏の音で終った。

御座船は、いよいよ最後の巡航先、大元神社に向って長浜の岸を離れた。

『管絃祭』より　抜粋

解説

『管絃祭』は、一九七八年に女流文学賞を受賞した作品です。作者の竹西寛子は他にも『往還の記—日本の古典に思う』で田村俊子賞、『兵隊宿』で川端康成文学賞、『山川登美子』で毎日芸術賞など、多くの作品で受賞実績を重ねています。竹西は古典を素材にした仕事が目立ちますが、実際に起こった出来事、社会の生々しい現実にも目を向けていました。

竹西は、広島に原爆が投下されたとき、広島県立第一高等女学校（現在の広島県立皆実高校）の四年生で十六歳でした。たまたま体調を崩していた竹西は、爆心地から2・5キロメートル離れた自宅で被爆し、多くの級友たちは被爆死しました。この体験が、竹西文学の骨格を形成しています。被爆によって死者となった級友たちとの対話から言葉を紡ぎ出していったとき、『管絃祭』という作品が生まれました。

平安時代の宮島は、島全体が神としてあがめられていました。管絃祭は、厳島神社の祭神である市杵島比売命《いちきしまひめのみこと》が、対岸の地御前神社の神に会いに行くのをお迎えする神事が起源となっています。

船の舳先《へさき》に篝火を焚き、提灯に明かりを灯すと、夕刻から深夜にかけて瀬戸の海をいくつもの船が渡っていきます。現地の人が「オカゲンサン」と呼ぶ美しい祭りのシーンの中に広島の過去と現在とが交錯し、箏を弾く白衣の楽人があの世から甦《よみがえ》った死者たちであるかのようにくっきりと浮かびあがります。

その姿は「えも言われぬ名香と優雅な管弦の音につつまれて、確かに彼等は微笑んでいるようにも、しかし又涙しているようにも見えた」のでした。
平安絵巻を思わせる優雅な管絃祭を前にして、悲惨な過去に可能な限り誠実に向き合おうとする作家の姿勢が小説『管絃祭』へと結実したのでした。

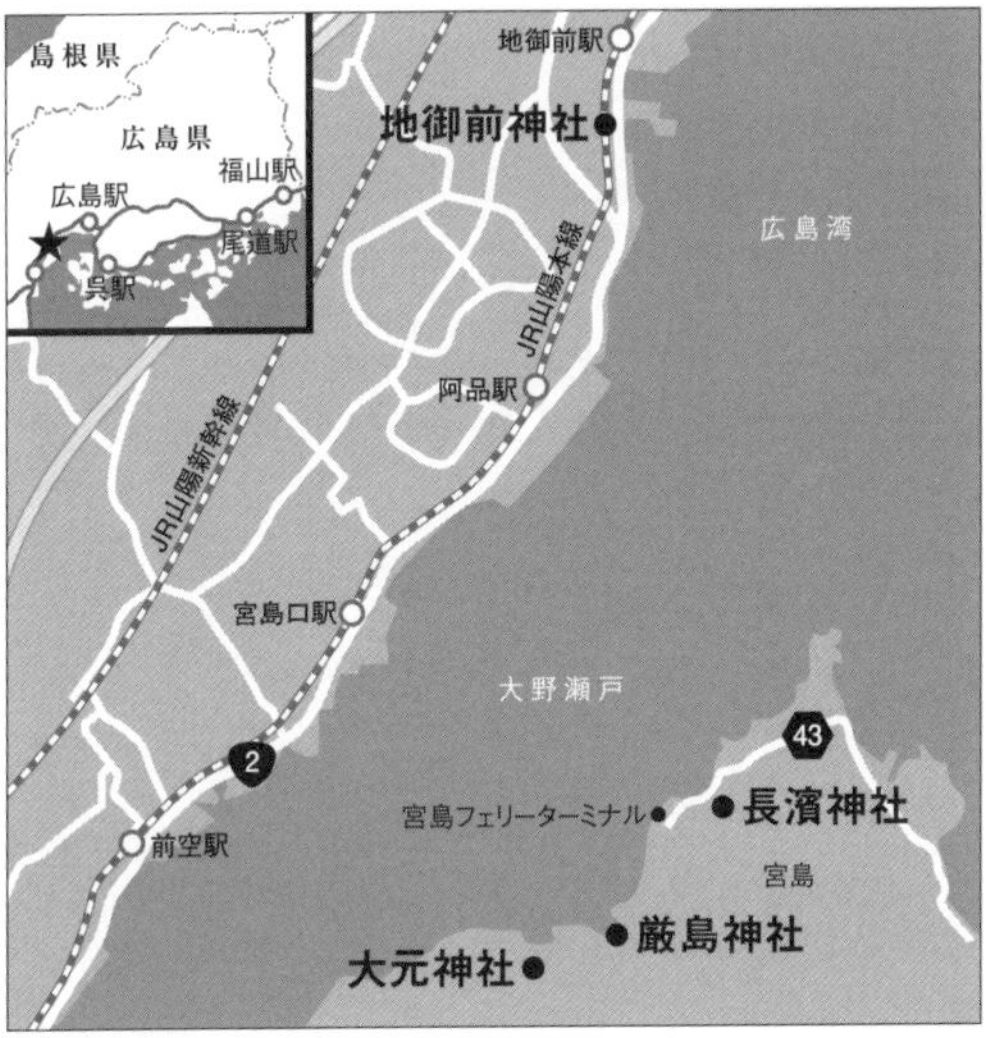

竹西寛子
(たけにし　ひろこ) 1929～

広島県広島市生まれの評論家、小説家。早稲田大学卒業。河出書房、筑摩書房で文学関係の編集に携わる。1962年に退社後は執筆活動に専念。主な作品に『往還の記―日本の古典に思う』『贈答のうた』『兵隊宿』『五十鈴川の鴨』などがある。『管絃祭』は自身の被爆体験をテーマにした小説。

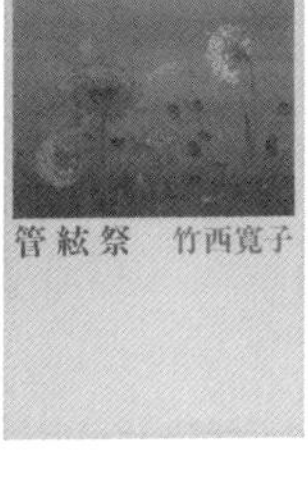

『管絃祭』
新潮社／1978年

監修者あとがき

柴市郎

「私は松である　雨がふっても風がふいても松である　一本の松である　松である間松である事に誇りを感じて　最も松らしく生きようと思う　私は松である」

これは、公職追放中の武者小路実篤が、昭和二十二年、広島県三原市にある古刹《こさつ》・松寿寺《しょうじゅじ》に滞在した際に、目にした老松に触発されて詠《よ》んだ短詩で、境内《けいだい》にはこの詩を刻んだ石碑が建てられています。武者小路がこの言葉を寄せた老松はもう残っていませんが、わたしたちは、この詩を通じて、かつてそこにあった松の老木について、思いをめぐらせることができます。本書を編みながら、わたしはしきりと、この詩のことを思い返していました。この松に託された言葉からは、過去と現在をまっすぐに結び付け、未来へとつなげてゆこうとする不屈の意志を読み取ることができ、これを刻んだ碑が広島県に存在していることが、何か象徴的なことのように感じられたからです。

昭和二〇年八月六日朝、広島市街地は、世界ではじめて投下された原子爆弾により、廃墟と化します。そのことにより、広島は、若き日の大江健三郎の表現を借りれば、「人類全体の最も鋭く露出した傷のようなもの」（『ヒロシマ・ノート』）となりました。その前後、同年七月一日から二日にかけては呉市街地が、八月八日には福山市街地が、それぞれ大空襲にさらされました。戦争は、そこに暮らすひとびとの命と生活を奪い、当時の広島の主要都市はほとんど灰燼《かいじん》に帰しました。この惨禍《さんか》が、今日の広島のひとつの原点となっていることは言うまでもありません。

広島をめぐる文学は、この地域が時の経過のなかで経験してきた〈変化〉と、その対極にある〈不変〉と、また、そこに生きる人々の〈たくましさ〉〈知恵〉〈悲しみ〉をさまざまに書きとめ、それを次の世に伝えようとしています。本書に収録した作品はいずれも、広島（ヒロシマ）「を」、あるいは広島（ヒロシマ）「で」表現することの意味を問いかけていると申せましょう。

最後に、作品掲載にあたりご理解をいただいた関係各位、文学という大切な心の拠《よ》り所がないがしろにされかねない時代に「ふるさと文学さんぽ」を刊行されている大和書房、この書を編むにあたり種々の労をお引き受けくださったオフィス３０３に、心からの御礼を申し上げます。

監修●**柴市郎**（しば　いちろう）

東京都生まれ。慶應義塾大学大学院文学研究科国文学専攻博士課程単位取得満期退学。尾道市立大学教授。日本近代文学会、昭和文学会などに所属。夏目漱石・小林秀雄ら明治〜昭和期の散文(小説・評論)を主な研究対象とする。また、勤務校のある尾道ゆかりの映画監督小津安二郎など日本映画への関心を持つ。著書に『メディア・表象・イデオロギー』（小沢書店、共著)、『日本文学研究論文集成27　夏目漱石2』（若草書房、共著)、『近代小説＜都市＞を読む』（双文社出版、共著)などがある。

解説●**三橋俊明**（みはし　としあき）

1947年東京都・神田生まれ。1973年『無尽出版会』を設立、参加。日本アジア・アフリカ作家会議執行役員を歴任。著作に『路上の全共闘1968』（河出書房新社)、共著に『別冊宝島　東京の正体』『別冊宝島　モダン都市解読読本』『別冊宝島　思想の測量術』『新しさの博物誌』『細民窟と博覧会』『流行通行止め』（JICC出版局／現・宝島社)『明日は騒乱罪』（第三書館)、執筆にシリーズ『日本のもと』（講談社)などがある。

絵画●**丸木スマ**（まるき　すま）

1875年広島県生まれ。1897年に結婚してからは、船宿業と農業に従事。1901年に長男の丸木位里を出産。1949年頃より、絵を描きはじめる。1950年に初めて女流美術展に入選する。以降多くの作品が院展に入選・受賞する。息子の位里や娘のアヤコ(大道あや)も、画家・絵本作家として活躍した。

●作品タイトル一覧

カバー「行く魚」「海」／p.2「ピカのとき」／p.8「一粒百万倍」／p.52「めし」／p.120「野」／p.154「ねこととり」／p.172「海」／p.220「田楽」／以上、丸木美術館所蔵
p.86「ふるさと」／広島県立美術館所蔵

地図協力
● マップデザイン研究室

写真協力（五十音順・敬称略）
● 大林宣彦(p.16)
● 朝日新聞社(p31・50・65・83・108・118・169・188・204・218・235)
● フォーライフミュージックエンタテイメント(p.35)
● 河野美子(p.74)
● ふくやま文学館(p.125)
● 松田洋子(p.152)

コピーライト
●『HIROSHIMA』 作詞・作曲　井上陽水奥田民生
JASRAC 出 1305239-301(p.32)

● 表記に関する注意

本書に収録した作品の中には、今日の観点からは、差別的表現と感じられ得る箇所がありますが、作品の文学性および芸術性を鑑み、原文どおりといたしました。また、文章中の仮名遣いに関しては、新漢字および新仮名遣いになおし、編集部の判断で、新たにルビを付与している箇所もあります。さらに、見出し等を割愛している箇所もあります。

ふるさと文学《ぶんがく》さんぽ　広島《ひろしま》

二〇一三年 七月三〇日　初版発行

監修　柴《しば》 市郎《いちろう》
発行者　佐藤 靖
発行所　大和《だいわ》書房
〒一一二−〇〇一四
東京都文京区関口一−三三−四
電話　〇三−三二〇三−四五一一

ブックデザイン　ミルキィ・イソベ（ステュディオ・パラボリカ）
明光院花音（ステュディオ・パラボリカ）
編集　オフィス３０３
本文印刷　信毎書籍印刷
カバー印刷　歩プロセス
製本所　ナショナル製本

ISBN 978-4-479-86206-2
乱丁本・落丁本はお取り替えいたします。
http://www.daiwashobo.co.jp/